Chloé Delaume

Das synthetische Herz

Roman

Aus dem Französischen
von Claudia Steinitz

liebeskind

A Room on One's Own

Adélaïdes Herz schmerzt bei jedem Schlag, als hätte man es mit Schmirgelpapier abgerieben. Aber sie lächelt, während sie ihre Kisten auspackt. Sie hat einen Ort für sich, sie ist autonom, das hier wird ihr Reich, die Wohnung ist perfekt, auch wenn sie winzig ist. Das Kratzen am Herzen kommt von der Scheidung, obwohl Adélaïde sie gewollt hat. Im Gerichtssaal hat es angefangen, seitdem raspelt etwas an ihren Herzkammern. Adélaïde stellt sich vor, dass sich ihr Herz häutet und die letzten Fetzen der Liebe abwirft, die sie für Élias empfunden hat. Darunter wartet eine nagelneue Haut auf neue Gefühle. Der nackte Schmerz kommt von der Leere, die sie umgibt. Niemand denkt an sie und sie denkt an niemanden, zum ersten Mal, seit sie fünfzehn war. Bis jetzt hat sie immer einen Mann für einen anderen verlassen, Adélaïde war immer verliebt. Die letzten sieben Jahre in Élias, bis der Alltag ihre Seele und ihre Nerven abgenutzt hat.

Adélaïde packt ihre Sachen aus und wundert sich, dass ihr ganzes Leben in diese winzige Wohnung passt. Sie ist sechsundvierzig und hat nichts als jede Menge Klamotten und sieben Bücherregale, Billys von IKEA, die sie mit Lichterketten, Schmetterlingen unter Glas, mexikanischen Püppchen und japanischen Lampions verziert. Zwischen Klassikern der Weltliteratur thront ein Paar Stilettos – zwei Leidenschaften im Leben: Bücher und Schuhe. In der alten Wohnung hatte Adélaïde ein Gästezimmer, das ihr als Garderobe diente. Großes Wohnzimmer, Leseecke. Das alles verdankte sie Élias, dem die Wohnung gehörte. Mit ihrem Gehalt kann Adélaïde in Paris 35 Quadratmeter im 20. Arrondissement mieten.

Sie hat ein 1,20 Meter breites Bett und so wenig Möbel wie möglich mitgenommen. Ein Tisch, vier Stühle, kein Sofa. Überladene Kleiderständer, überquellende Koffer, überfüllte Schränke. Die Bücher bedecken jeden Zentimeter Wand und breiten sich auf dem Fußboden aus, sind überall auf dem Vormarsch, in wackeligen Stapeln, als Ablagen oder Säulen. Stiefel, Stiefeletten und Turnschuhe: Pyramiden in der Diele; in der Schlafecke stapeln sich Sandalen, Ballerinas und Pumps. Ein heilloses Durcheinander, das sich nicht bändigen lässt. Abbild eines Secondhandladens, das Gefühl, bei Humanitas zu hausen. Adélaïde hat gewusst, worauf sie sich einlässt. Verzicht auf Élias bedeutet Verzicht auf den Komfort, bedeutet Absturz ihres Lebensniveaus. Sie will allein und frei sein, endlich erlöst vom Ehejoch. Es ist zehn vor neun, sie freut sich, dass sie das Abendessen ausgelassen hat.

Adélaïdes Körper breitet sich genüsslich auf dem mit Kissen bedeckten 1,20-Meter-Bett aus. Ungekannte Einsamkeit, wonneweite Brust. Aussicht auf ein Feld von Möglichkeiten, die Zukunft einladend und endlich ungewiss. Sie langweilte sich mit Élias, ein Tag wie der andere. Heute, genau in diesem Moment, hat sie das Gefühl, wieder die Kontrolle übernommen zu haben, die Kontrolle über ihr Leben, damit sie bei null anfangen kann, und zwar richtig. Adélaïde genießt die Stille, diesen Moment der Schwebe. Sie ist ein bisschen benommen, ziemlich aufgeregt. Das Unbekannte zum Greifen nah, sie selbst bereit, sich hineinzustürzen.

Der August klettert durchs Fenster, die Stille ist schwül, drückend, scheinheilig. Adélaïde betrachtet, was sie in den kommenden Monaten oder gar Jahren umgeben wird. Die Enge des Zimmers drückt ihr die Kehle zu. Sie sagt sich: Bitte Monate, keine Jahre! Sofort tauchen in ihrem Kopf mögliche Szenarien eines Umzugs auf. Der Eigentümer einer großen Wohnung, ein Mieter mit guter Bürgschaft, die richtigen Lottozahlen. Adélaïde denkt, um sich Mut zu machen: Das ist nur übergangsweise, und so habe ich wenigstens meine Ruhe.

Das Telefon klingelt nicht, in den sozialen Medien herrscht gähnende Leere. Adélaïde muss mit jemandem reden. Sie hat selten allein gelebt, nie länger als sechs Monate, und da war sie jünger, das ist ewig her, das letzte Mal vor Élias, damals hielt sie die Einsamkeit schlecht aus, sehr schlecht sogar, vor Élias hatte sie fast den Boden unter den Füßen verloren, eine Depression. Mit sich allein sein ist nicht das Problem, das Problem ist, ohne Liebe zu sein. Adélaïde sagt sich: Ich finde bald jemanden. Sie wiederholt es laut: Ich finde jemanden. Keine Frage! So, wie es bisher gelaufen ist, wäre es logisch, sie hat immer gleich einen anderen gefunden. Sie fragt sich, wer in dieser Stadt jetzt für sie bestimmt ist, sie überlegt, ob sie sich die Karten legen soll, will es aber lieber nicht sofort wissen.

Adélaïde hat Angst, in Panik zu verfallen, wenn die Antwort Traurigkeit und Einsamkeit aufdeckt. Sie will den heutigen Abend in schöner Erinnerung behalten, ihre erste Nacht allein, ihre zweite Lebenshälfte, ihr Neuanfang.

Adélaïde steht auf und macht Musik an. Sie hat eine Playlist erstellt und sie *New Life* genannt, wie das Lied von Depeche Mode, das als Erstes kommt. Adélaïde legt großen Wert auf den Soundtrack, der ihr Leben begleitet, sie wählt ein Stück, das diesen besonderen Moment verkörpert, ein Lied, das die schöne Erinnerung bewahren wird. *Le Premier Jour* von Étienne Daho. Adélaïde lässt sich auf einen Stuhl fallen, ihr Blick fotografiert den Raum. *Rester debout mais à quel prix / Sacrifier son instinct et ses envies.* Ihre Augen bleiben an den Bücherwänden und dem fehlenden Sofa hängen. *Mais tout peut changer aujourd'hui / Et le premier jour du reste de ta vie/ C'est providentiel.** Adélaïde singt mit, wie ein Gebet, die Hoffnung weitet die Wände der winzigen Wohnung. Die Lichterketten und Lampions strahlen, ein vielfarbiges Leuchten an den Regalbrettern. Das Dämmerlicht verhüllt alles Störende, durch das offene Fenster kommt der Mond herein und lächelt.

Allmählich entspannen sich Adélaïdes Muskeln. Die häufigsten Ursachen für Stress sind Trennungen und Umzüge, nachdem sie beides überstanden hat, fühlt sie sich wie gerädert.

---

* Durchhalten, doch mit welchem Frust / Opfer von Instinkt und Lust / Aber alles kann sich heute ergeben / Und der erste Tag vom Rest deines Lebens / das ist schicksalhaft.

Sie hat noch eine Woche, bis sie wieder arbeiten muss, sie sagt sich: Ich werde bereit sein, und denkt an ein warmes Bad. Sie wünscht sich ein Reinigungsritual, eine Wanne mit weißem, luftigem Schaum. Sie beschwört die Bilder aller Badezimmer herauf, die sie in ihrem Leben hatte. Qualität der Fliesen, Temperatur, Wasserdruck. Wie viele Wohnungen für wie viele Lebensabschnittsbegleiter? Hier gibt es eine Eckdusche, sie quetscht sich in ein Dreieck mit Plastikwänden. In ihrem Kopf ziehen sie vorbei, acht Liebhaber und ein Ehemann, Doppelwaschtisch, Stuck, wie oft Parkett? Das Wasser fließt, sie stößt sich, und dann merkt sie, dass sie keine Seife hat. Das ist der Tropfen, der das Fass zum Überlaufen bringt. Adélaïde sinkt in ihrem Plastiksarg zusammen. Wenn sie nicht auf sich aufpasst, wird es niemand tun.

Adélaïde hat sich bisher nur sehr selten selbst um sich gekümmert. Sie vergisst sich oft, wegen der Arbeit. Adélaïde ist Pressefrau in einem Verlag. Sie ist eine Vermittlerin, soll die Journalisten überzeugen, über die Bücher aus ihrem Programm zu schreiben. Sie betreut die Schriftsteller, muss sich in ihr Universum vertiefen, um es so gut wie möglich zu beschreiben. Sie begleitet sie zu ihren Interviews, manchmal auch zu Lesungen oder Festivals. Sie besucht literarische Cocktails. Oft weiß Adélaïde nicht mehr, wer sie ist und was sie denkt, weil sie immerzu die Stimme der anderen ist.

Adélaïde hat keine Familie, alle sind gestorben und sie musste das Erbe jedes Mal ausschlagen, um nicht die Schulden zurückzahlen zu müssen. Adélaïde hat keine Kinder, das hat sie nie interessiert. Wenn sie ein Kind hätte, wäre sie weniger allein, aber gestresst. Adélaïde bereut nichts, das ist ihr Prinzip. Ihr Leben ändert sie selbst, sie ist die treibende Kraft, nicht das Opfer. Sie vertraut auf ihr Schicksal, fühlt sich von Aphrodite beschützt. Die Göttin der Liebe hat sie nie im Stich gelassen, Adélaïde ist sicher, dass sie bald jemanden treffen wird. Adélaïde irrt sich. Wenn sie sich die Karten legen würde, wäre sie gewarnt.

Adélaïde schläft ein und vergisst ihr Alter. Sie scheint die zweite Lebenshälfte mit ihren Dreißigern oder der Studentenzeit gleichzusetzen. Adélaïde übersieht, dass deutlich weniger Männer zur Verfügung stehen, daran hat sie nicht gedacht. Sie ignoriert auch die Macht der Konkurrenz. Die frisch Getrennten bevorzugen jüngere Frauen. Für Adélaïde wird es bald ein böses Erwachen geben.

Dies ist die Geschichte einer Rose, die noch nicht weiß, dass sie zum Mauerblümchen wird. Adélaïde Berthel ist eine Frau wie viele andere. Für die mit sechsundvierzig Jahren das Ende der Mädchenträume eingeläutet wird.

Sortir ce soir

Mitte August verwandelt sich Paris in einen Friedhof. Alles ist still, der kochende Asphalt stinkt wie eine Müllverbrennungsanlage. Adélaïde langweilt sich und ist frustriert. Ihre Freundinnen sind alle verreist, sie würde heute Abend so gern ausgehen, aber es ist niemand da, der sie begleitet. Élias war ein absoluter Stubenhocker, er hatte nie Lust auf Gesellschaft, kein Fest, kein gemeinsames Essen. Adélaïde will ihre Freiheit genießen. Sie hat den Nachmittag damit verbracht, in einem Café zu lesen, und inbrünstig gehofft, jemanden kennenzulernen. Den Zufall gibt es nicht, also muss sie nachhelfen. Natürlich beachtet niemand eine Endvierzigerin auf einer Caféterrasse, auch wenn sie sehr gut gekleidet ist. Sie hat vier Cola Light getrunken, sechzehn Lucky Strike geraucht, einen angesagten Roman ausgelesen und ganz mies gefunden. In den letzten vierundzwanzig Stunden hat sie nur mit dem Kellner interagiert. Und mit einem Mädchen, das sie um Feuer gebeten hat.

Es ist 19.30 Uhr, Adélaïde ist allein und für den Rest der Welt, inklusive Facebook, ist es Zeit für einen Aperitif. Sie denkt an ihre Freundinnen, die im Urlaub sind. An Judith, mit Tochter und Mann in Griechenland. An Bérangère, bei der Familie in der Ardèche. An Hermeline, die irgendwo in den Alpen wandert. Und an Clotilde, die in einer Residenz in Rom schreibt. Adélaïde würde sie gern stören, zugeben: Dies ist ein Hilferuf! Aber sie schickt nur jeder eine Nachricht, wie eine Postkarte, um sich zu beschäftigen. Sie schreibt Lügen, um sich Mut zu machen. *Stolz auf mein neues Zuhause. Ich liebe mein neues Leben. New Life Power Rules. Alles bestens.* Sie fotografiert ein Detail in Großaufnahme, etwas Hübsches, das Plastiklächeln einer mexikanischen Madonna, die Wölbung des mauvefarbenen Tülls, der ihr als Vorhang dient. Als Antwort wird Adélaïde bald Emojis voller Herzchen erhalten.

Was machst du in Paris, wenn du allein bist, wo gehst du hin, wenn du eine Frau bist, Eckkneipe oder Hotelbar, sie denkt auch an die angesagten Clubs. Sie kennt ja die Adressen, schließlich ist sie Pressefrau und auf Draht. Eins ist schon mal klar: Am Tresen lehnen, entspannt in einer Bar rumsitzen, Unbekannte ansprechen, so was schafft sie nie. Da blockiert sie total. Als Kind war sie sehr schüchtern, sie musste sich mächtig überwinden, um selbstbewusst aufzutreten. Sich auf einer Tanzfläche in die Menge stürzen, allein herumzappeln, mit anderen Körpern in Kontakt treten, das kriegt sie nicht hin, schon beim Gedanken daran werden ihre Knie weich. Adélaïde fragt sich, ob sie es vielleicht betrunken oder zugedröhnt fertigbringen würde, wäre schon praktisch, wenn das ginge. Sie fürchtet sich vor der Aussicht auf einen Abend mit Onlinescrabble. Und sieht sich selbst eine Flasche Sancerre oder ein paar Lines später. Wie sie allein eine Bar betritt, sich an den Tresen lehnt, ein Bier bestellt, ihre Nachbarn anlächelt, ein Gespräch beginnt. Undenkbar, sogar total blau! Außerdem bringt es nichts. Ein Mann, der abends in einer Bar rumsteht, hat nicht das richtige Profil. Was dann? In eine Hotellobby gehen, in einem Clubsessel versinken, einen Cocktail bestellen, ihre Nachbarn anlächeln. Neues Problem. Männer in Hotelbars sind meistens reaktionär. Adélaïde wird nervös. Was tun, um nicht mehr allein zu sein, um in Paris Männer zu treffen, die auf sie zukommen? Adélaïde stöhnt und surft durchs Internet, wo sich Dating-Apps als Lösung aufdrängen.

Das will Adélaïde nicht, da bleibt Adélaïde störrisch. Sie weigert sich, als Produkt in einem Katalog zu enden. Sie gibt zu, dass sie sich auf den Markt bringen muss, aber sie hat Bérangère beobachtet, die das ganze Jahr auf Tinder ist. Bérangère, die Jägerin. Aber die Qualität des Wilds! Adélaïde findet, dass sie etwas Besseres verdient. Adélaïde hat unrecht. Bérangère nimmt, was sie kriegt. Adélaïde fängt gerade an und ist noch naiv. Bald wird ihr Bérangère ein Geheimnis verraten: Weißt du, früher war es einfach, da haben wir aus dem Vollen geschöpft, ohne es zu merken, aber das ist vorbei. Und bald wird sich die Erde unter ihren Füßen auftun. Im Moment träumt sie noch. Sie denkt sich Geschichten aus, Geschichten, mit denen sie die Gegenwart ertragen kann. In einer geht sie heute Abend in einen schicken Club und begegnet einer verwandten Seele. Er ist groß, hager und heißt Vladimir. Sie werden einander erkennen, er wird sie anlächeln, und fortan werden sich ihre Tage in der zweiten Person konjugieren, eingehüllt in die erste Person Plural.

Adélaïde langweilt sich und hat nichts zu verlieren, im Gegenteil, sie muss die Zeit rumbringen, diese leere, überflüssige

Zeit, die Stunden, mit denen sie nichts anfangen kann. Sie startet ihre Playlist, noch mal Étienne Daho, sie duscht und schminkt sich, probiert vor dem Standspiegel ein paar Sachen an. Zwischen den ganzen Garderobenständern kann sie kaum zurücktreten. Sie hüpft in Unterhose herum, stößt sich den Zeh, verflucht diverse Mütter. Entscheidet sich dann für ein schwarzes, fließendes Kleid mit ganz dünnen Trägern und tiefem Dekolleté, das ihre Taille betont und bis zum Knie geht. Besprüht sich mit *Poison* von Dior, dem Original von 1985, nicht eine dieser süßlichen Varianten für kleine Mädchen. Wählt Sandalen mit ganz kleinem Absatz. Steckt sich die Haare hoch, legt ihre Kreolen an. Schwankt zwischen Clutch und Umhängetasche. Sie weiß noch nicht, wo sie hingeht, besser die Umhängetasche. Sie zwängt sich durch die Diele, schließt die Tür ab und ruft den Fahrstuhl. Draußen ist die Luft milder. Aber jeder Atemzug hinterlässt einen Nachgeschmack von Asche. Adélaïde ist es egal, ob das Ende der Welt da ist. Sie läuft, als würde sie sich ertränken, die Wirklichkeit zählt nicht mehr. Sie ist in ihrer Geschichte, sie fürchtet nichts mehr, sie ist eine Romanfigur, die Heldin ihres Lebens. Sie hält ein Taxi an und hört sich den Namen eines angesagten Clubs aussprechen.

Als sie aussteigt, ist sie hin- und hergerissen. Vor der Tür eine Schlange. Adélaïde macht sich erst mal eine Zigarette an, um sich daran festzuhalten. Alle sind in Grüppchen, alle sind zu zweit. Adélaïde holt schnell das Telefon raus und tut, als würde sie kommunizieren. Sie möchte, dass ihr Körper ihnen eine Geschichte erzählt, diesen Leuten, die sie gar nicht ansehen. Jemand kommt gleich oder sie trifft sich mit jemandem. Adélaïde sagt es dem Türsteher des Clubs, der sie gar nicht fragt: Ich werde erwartet. Das wird ihr Drehbuch. Sie geht die Treppe runter, scannt mit den Augen die Menge. Geht quer über die Tanzfläche, langsam an der Bar entlang. Dann holt sie wieder das Handy raus, schreibt eine SMS, die sie sofort wieder löscht, guckt verärgert, wartet darauf, angesprochen zu werden, will sich sagen hören: Wenn er nicht kommt, hat er Pech gehabt, das war eh nix. Adélaïde sieht sich die Männer an, drei Viertel sind deutlich jünger als sie. Adélaïde sieht sich die Frauen an, dreißig und schöner als sie. Sie bestellt an der Bar einen Gin Tonic und weiß nicht, was sie als Nächstes tun soll. Genau jetzt würde sie gern sterben. Sie erspäht einen Mittvierziger, ziemliche Wampe, sie denkt, dass sie eine Chance hat, sie sieht besser aus als er. Sie geht näher ran, stellt sich in sein Blickfeld. Etwas vorfristig entdeckt Adélaïde die Unsichtbarkeit fünfzigjähriger Frauen. Genau jetzt fühlt sie sich bereits tot, als Zombie bestellt sie sich einen zweiten Gin Tonic, trinkt ihn, ohne es zu merken, lässt einen dritten folgen. Der DJ spielt New Order, Adélaïde will zu *Blue Monday* tanzen, sie will sehen, ob sie auf dem Beziehungsmarkt ein Gespenst geworden ist, überlagertes Fleisch.

Sie betritt die Tanzfläche so anmutig wie möglich, setzt das Lächeln einer Frau auf, die sich amüsiert. Die Achtziger sind wieder in Mode, die Achtziger sind ihre Zeit. Sie muss sich weniger Mühe geben als befürchtet, außerdem ist sie betrunken. Sie verträgt keinen Alkohol, seit ihrem ersten Malibu übergibt sie sich beim vierten Glas, egal, was es ist. Sie hat nicht gezählt, aber ihr Magen wird es ihr bald verraten, noch ein Glas, und sie präsentiert seinen Inhalt mitten auf der Tanzfläche. Sie schüttelt sich im Rhythmus, schlenkert mit den Armen. Sie bemüht sich, Kontakt herzustellen, ihre Augen in die der anderen Tänzer zu versenken. Nur zwei junge Frauen erwidern ihren Blick. Sie beobachtet die Körper, die sich um sie herum bewegen. Keiner zieht sie an, abgesehen von einem großen Braunhaarigen, dessen Hakennase an Vladimir erinnert. Adélaïde glaubt daran, es gibt keinen Zufall, sie hat alles geplant. Das Lied dauert sieben Minuten, Adélaïde weiß es. Sie startet einen Annährungsversuch, macht eine ungestüme Bewegung, verliert fast das Gleichgewicht. Sie muss selbst lachen, aber niemand hat es bemerkt. Niemand, auch nicht Vladimir. Sie fängt sich wieder, gibt nicht auf, folgt den Synthesizern. Vladimir verlässt die Tanzfläche, das Lied ist noch nicht zu Ende. Also geht Adélaïde zu ihm und spricht ihn an, sie kann es selbst nicht fassen, welche Chuzpe sie aufbringt, was für eine Heldin sie ist. Natürlich ist sie schweißnass und riecht nach Gin. Egal. Er antwortet, sie unterhalten sich, besser gesagt, sie brüllen sich an: Bist du oft hier, Die Musik ist nicht schlecht, Was hast du gesagt, Willst du was trinken. Willst du was trinken, das fragt Adélaïde. Vladimir hört sie nicht. Adélaïde wiederholt es. Vladimir antwortet nicht. Er erkennt sie nicht. Vladimir lächelt nicht, er ist schon gegangen. Adélaïdes Herz füllt sich mit tiefer Scham. Sie erstarrt, während ihr Herz überquillt. Die Scham breitet sich sauer und klebrig in ihr aus, bald haben sich alle Organe aufgelöst.

Adélaïde wird nie von diesem Abend erzählen. Nicht mal Judith, Bérangère, Hermeline oder Clotilde. Sie war tanzen, es ist nichts passiert, es gibt nichts zu berichten. Sie hat sich getraut, sie hat es versucht und dabei festgestellt, dass sie durchsichtig ist. Tausendmal ist man ihr auf den Fuß getreten, so wenig zählt ihr Körper, so wenig wird er wahrgenommen.

Zu Hause hat sie France Culture eingeschaltet und sich abgeschminkt. Dann hat sie geweint, ein regelmäßiges, lang anhaltendes Schluchzen. So lang anhaltend, dass ihr Gesicht gezeichnet war. Der Schlaf wird nichts heilen, sie wird am nächsten Tag eine Maske tragen, die Maske des Kummers, Augenringe wie Ölspuren. Ihre Haut fettig und geschwollen. Ihre Hoffnungen einbalsamiert.

Adélaïde schläft ein und die Altersspuren kehren zurück. Es ist warm, und ihre langen Haare sind bald schweißnass. Ihre Haare, die weiß sind, von der Farbe versteckt. Adélaïde hat einen Albtraum, sie geht über einen Friedhof, eine Horde von Zombies kommt lautlos auf sie zu, vergewaltigt und verschlingt sie, all das ohne ein einziges Geräusch. Während sie sich wehrt, verknoten sich ihre Haare auf dem Kopfkissen. Dicke Strähnen legen sich um ihren Hals, Adélaïde bekommt keine Luft, wacht sofort auf, das Wort Selbstmord schießt ihr durch den Kopf.

Dies ist die Geschichte eines zwischen zwei Seiten gepressten Mauerblümchens, das in Echtzeit in einem Herbarium vertrocknet. Adélaïde Berthel ist eine Frau wie viele andere. Die mit sechsundvierzig die Aura verschwinden sieht, die sie einst als junges Mädchen hatte.

Ma petite entreprise

Adélaïde kann es selbst kaum glauben, aber sie ist heilfroh, wieder ins Büro zu gehen. In einer Woche hat sie mit weniger als vier Leuten gesprochen. Mit dem Café-Kellner, der Supermarktkassiererin, ihrer Nachbarin und deren Hund, einem Yorkshireterrier. Morgen kommt Judith zurück, Bérangère schon heute Abend. Hermeline nächste Woche und Clotilde in drei Tagen. Adélaïde hat natürlich auch die zweite Garde angerufen, ist aber nur auf die Stimmen der Anrufbeantworter gestoßen.

Der Verlag David Séchard liegt auf der anderen Seite von Paris, Adélaïde fährt mit dem 975er Bus hin. Das ist nicht die kürzeste Verbindung, aber sie mag die Strecke. Durch die Scheibe sieht sie die einstigen Tante-Emma-Läden, die sich in Fruchtsaftbars, regional belieferte Microbrasserien und vegane Klamottenläden verwandelt haben. Dabei fragt sie sich, ob sie vielleicht in den öffentlichen Verkehrsmitteln jemanden kennenlernen könnte. Zum ersten Mal nimmt sie die Männerkörper, die sie umgeben, in Augenschein und bewertet sie. Sie stellt sich vor, wie sie in den Armen des kleinen Braunhaarigen liegt oder des großen Blonden in Jeans. Wie sie auf dem Schoß des Fünfzigjährigen in Hemdsärmeln sitzt, der auf sein Telefon starrt. Sie erzählt sich das Leben, das sie mit ihnen führen würde. In welcher Wohnung, welchem Arrondissement, wie sie sich anzieht und wer den Abwasch macht, was sie abends essen, wie sie miteinander schlafen. Sie stellt sich ihre Miene bei der Ejakulation vor, und gleich wird ihr übel. Adélaïde macht sich selbst ein bisschen Angst, das muss sie zugeben. Sie hatte damit gerechnet, traurig zu sein, aber doch nicht derart besessen.

Adélaïde nähert sich mit großen Schritten ihrer Arbeitsstelle, schon auf der Straße trifft sie Bekannte. David Séchard ist ein alter und recht bedeutender Verlag. Es gibt eine Menge Abteilungen, Lektorat, Herstellung, Vertrieb, Marketing, Presse, Buchhaltung und die Rechtsabteilung. Die Macht liegt in den Händen der Männer, Assistentinnen wimmeln um sie herum wie zu Zeiten der Vorzimmertippsen. Adélaïde fällt eine Umfrage ein, von der sie auf France Inter gehört hat: 14 Prozent aller Paare haben sich im Rahmen ihrer Arbeit kennengelernt. Also ungefähr jedes siebte. Adélaïde denkt sich, dass sie in der Mittagspause beim Betriebsrat vorbeigehen wird. Jetzt kokettiert sie erst mal ein bisschen im Fahrstuhl.

Endlich sitzt Adélaïde an ihrem Schreibtisch. Alles ist genau an seinem Platz. Das Foto von Xanax, ihrem verstorbenen Siamkater, der dicke Kalender, die großen Hefte, ihre Notizen. Ihr E-Mail-Posteingang quillt über. Der Auftakt zur Herbstsaison ist für Adélaïde ein wichtiges Ereignis, sie bereitet sich seit Mai darauf vor. Ende August erscheinen mehr als dreihundert französische Romane. Die Verlage realisieren 20 bis 40 Prozent des Jahresumsatzes, außerdem beginnt das

Rennen um die Literaturpreise. David Séchard veröffentlicht in diesem Herbst zwölf Titel, neun französische Romane und drei Übersetzungen. Adélaïde hat zwei Kolleginnen und eine Chefin, sie teilen sich die Arbeit untereinander auf. Adélaïde muss vier Bücher durchsetzen, vier Autoren vertreten. Bei zweien war es klar, um die hat sie sich schon vorher gekümmert: Marc Bernardier, der Abenteuerromane schreibt, und Ève Labruyère, eine exzentrische Schriftstellerin, die sich in diesem Jahr an einem Dorfroman versucht hat. Sie mag die beiden sehr und es wird einfach sein, sie unterzubringen. Ihre Bücher werden geschätzt, und sie sind gut im Umgang mit Journalisten. Marc Bernardier ist so was wie der Indiana Jones von Belleville, ein Hemingway, der die Hydra von Lerna erlegt, wie Bernard Lavilliers, wenn er eine Litotes verschlucken würde. Ein Reiseschriftsteller mit tausend Anekdoten, stahlblauem Blick und der außergewöhnlichen Fähigkeit, trotz seiner zweiundsiebzig Jahre jede Frau, die er will, in sein Bett zu kriegen.

Adélaïde verdächtigt Marc Bernardier manchmal, ein Vampir zu sein, ein übernatürliches Geschöpf, das durch Flüsse und Lavaströme schwimmt und niemals sterben wird. Sein letztes Buch heißt *Hier in Papua*, darin mischt er Reisebericht und Familienroman. Adélaïde ist ein Fan von ihm. Sie erfüllt ihm jeden Wunsch, sie sorgt dafür, dass es ihm während der Lesereisen an nichts fehlt, vor allem nicht an Sauvignon. Das diesjährige Ziel heißt Prix Goncourt. Er publiziert schon ewig, und das ist der einzige Preis, der ihm noch fehlt. Sogar den Prix de Flore hat er bekommen, für *Anastasia, dort*, ein kurzer Text über seine Affäre mit einer ukrainischen Prostituierten, in dem sich Kindheitserinnerungen mit Porträts von Frauen aus seiner Familie vermischen. Adélaïde will seinen Triumph erleben. Einen Triumph, der hochverdient wäre, nach dem, was einem der Himmel flüstert, in dem die Göttinnen lauern.

Ève Labruyère ist wunderbar, sie ist siebenundfünfzig und empfängt Journalisten in einem seidenen Negligé, dessen Ärmel mit Federn bestickt sind. Früher war sie Schauspielerin und Sängerin. Seit zehn Jahren amüsiert sie sich. Sie ist die geborene Geschichtenerzählerin. Adélaïde findet ihren Stil natürlich zum Heulen, aber es läuft, und alle beten Ève Labruyère an, weil sie anbetungswürdig ist, kein Zweifel. Sie verkauft viele Bücher, die Presse ist ihr gewogen. Sie kriegt Doppelseiten in großen Zeitschriften, für die sie mit ihrer Bulldogge im Tennisdress posiert oder im Nachthemd auf ihrem Bett herumhüpft. Jeder kennt ihre Schönheitsrituale. Adélaïde ist vernarrt in Ève Labruyère. Sie zieht sich im Taxi um, kippt sexistischen Journalisten regelmäßig Wasser ins Gesicht und entblößt sich selbst in der Klatschpresse am Arm ihres Liebhabers für einen Abend, der sich als Gewinner einer Realityshow entpuppt. Ihre Bücher spielen in ganz unterschiedlichen Regionen und Milieus, den Arbeitervierteln von Marseille, dem Stadtzentrum von Lyon, den Bergen des Vercors, der Altstadt von Nanterre und nun also, mit *Die Liebe selbst in Anglure*, in einem kleinen Dorf in der Champagne. Allerdings, und das bereitet Adélaïde, die sie bei jedem Roman pitchen muss, immer wieder Sorgen, ist die Geschichte jedes Mal dieselbe. Ein junges Mädchen mit großen Problemen, die es dank der vereinten Kräfte von Freundschaft, Arbeit und dem Zauber der Liebe am Ende überwindet. Sie ist mehr oder weniger Waise, meist Opfer eines perversen Narzissten und des Schicksals, wurde unter GHB in Marseille vergewaltigt und heiratet einen Apotheker in Grenoble oder umgekehrt, Adélaïde verwechselt das gelegentlich, aber das merkt niemand. Adélaïde hat vier Bücher durchzusetzen, vier Autoren zu vertreten. Die beiden anderen stellen wir später vor. Ein Dringlichkeitsmeeting wird einberufen, auf der ganzen Etage herrscht Panik. Das Lektorat und die Presseabteilung werden vom Geschäftsführer persönlich in die Salle Rubempré gebeten.

Ève Labruyère geht es nicht gut. Sie hat die Ferien bei Freunden auf der Île de Ré verbracht. Dort hat sie ganz Saint-Germain-des-Prés getroffen, die Mienen waren freundlich, aber die Distanz offensichtlich: Sie gehört nicht dazu. Èves Lektor heißt Ernest Block, er ist Probleme gewöhnt, weil er seit zwanzig Jahren im Verlag arbeitet, aber nun ist er ratlos. Ève fühlt sich herabgesetzt. Sie hat genug von Leserpreisen mit Präsentkorb, Interviews über die Menopause, von Versteckter Kamera oder Prominentenraten. Sie möchte bei France Culture diskutieren, auf dem Cover renommierter Kulturzeitschriften erscheinen und zu Lesungen ins Haus der Poesie eingeladen werden. Adélaïde starrt auf den Mund von Ernest Block, der sich bei jedem Wort vor Angst verzieht.

Der Geschäftsführer heißt Mathieu Courtel, er ist da, um das Problem zu lösen, also wägt er die Gesamtlage ab und fragt, wie viel sie verkauft. Ernest Block antwortet: ungefähr 45.000. Mathieu Courtel erbleicht und schlägt mit der flachen Hand auf den Tisch: Findet eine Lösung, das können wir uns nicht leisten. Adélaïdes Blut gefriert im Angesicht des Fallbeils. Findet eine Lösung heißt: ihr, die Presseabteilung. Adélaïdes drei Kolleginnen zittern, während Ernest Block mit Grabesstimme hinzufügt: Und außerdem will sie einen Preis gewinnen. Mathieu Courtel wird weiß wie ein Tischtuch. Adélaïde denkt: Warum nicht gleich ein Pony?

So beginnt bei David Séchard der Saisonauftakt. Es ist Viertel nach elf, aber in Adélaïdes Körper Viertel nach tausend. Bevor sie Ève Labruyère anruft, muss sie eine Strategie entwickeln. Um eine Strategie zu entwickeln, muss sie sich konzentrieren. Das ist natürlich unmöglich. Nicht nur wegen des Großraumbüros, das sie manchmal so weit treibt, ihre Anrufe im Schneidersitz unter ihrem Schreibtisch zu erledigen. Adélaïde überlegt schnell, vom Stimmengewirr umgeben. Nur kommt genau in diesem Moment ein Anruf. Es ist Steven Lemarchand, ihr Erstlingsroman. Sie hat ihn sich nicht ausgesucht, möchte ihn aber allzu gern mögen. Er ist Informatiker, fünfundzwanzig, gerade bei seiner Mutter ausgezogen und hat das Charisma eines toten Otters, wie sie während einer Fotosession feststellen durfte. Toter Otter, Playmobil. Zum Glück ist das Buch eindeutig besser. *Die letzte Erinnerung.* Die Geschichte eines alten Mannes in einer sehr nahen Zukunft, der seine Erinnerungen verkauft wie andere ihre Organe, um die Augen seiner Enkelin zu retten. Steven möchte gern wissen, ob er in dieser schicken Zeitschrift für Frauen unter 45 sein wird und ob er auf ein Porträt in einer großen Tageszeitung hoffen kann. Adélaïde erzählt ihm, dass sie Interviewanfragen von einer SF-Website und vom Blog SuperGeek hat. Es folgt eine Diskussion über die Ungerechtigkeit der Welt, die Brutalität des Marktes, die Tugend der Geduld. Es ist halb eins, und Adélaïdes Körper existiert eigentlich nicht mehr. Aber das ist noch gar nichts, gemessen an dem, was sie in genau drei Tagen erwartet.

Évidemment

Adélaïde hat vier Freundinnen, ideal bei magischen Ritualen, um die Elemente zu beschwören. Judith ist Musikjournalistin, sie hat eine eigene Radiosendung. Bérangère, Adélaïdes Kindheitsfreundin, leitet eine Bankfiliale. Hermeline unterrichtet Kunstgeschichte an der Uni, Spezialgebiet 20. Jahrhundert. Clotilde schreibt. Sie veröffentlicht seit sechzehn Jahren bei David Séchard, hat aber nicht denselben Lektor wie Ève Labruyère, ihrer heißt Guillaume Grangois, ein enthusiastischer Mittvierziger. Er kümmert sich um die Autoren eher spezieller Texte, die nicht den Kriterien des klassischen Romans entsprechen. Um Bücher, die nicht wirklich eine Geschichte erzählen, Geschichten, die durch spezielle Techniken, poetische Fragmente oder Installationen erzählt werden.

Die Bücher von Guillaume Grangois verkaufen sich deutlich weniger gut als die des alten Ernest Block und seiner Kollegen. Vier Alphamännchen. Zwei sehr von sich eingenommene Endfünfziger, Ali Gosham und Paul Sévrin, zuständig für Literatur in der Tradition dessen, was den Ruf von David Séchard ausmacht, früher moderne, heute zeitgenössische Romane mit so anspruchsvollem Stil, dass sie manchmal nach Tweed riechen, der Krimispezialist Claude Guerrini, genannt

der Killer, und schließlich Ernest Block mit seinem Schmer-
bauch, verantwortlich für die Berühmten und Auflagenstarken, der eine ganze Armee von Ghostwritern befehligt. Gosham und Sévrin begegnen Grangois mit einem väterlichen
Wohlwollen, das man wilden, aber frühreifen Kindern ent-
gegenbringt. Oft sind sie neugierig auf seine Trouvaillen, weil
er keine Bedrohung für sie darstellt.

Grangois kümmert sich also um das Experimentierlabor von
David Séchard. Courtel, der Chef, legt Wert darauf. Block
nicht. Ernest Block und Guillaume Grangois hassen sich,
jeder verachtet die Arbeit des anderen. Block verkündet
ständig, er arbeite mit Gewinn, und alles Geld, was er ein-
bringe, diene dazu, eine Tänzerin auszuhalten, er nennt Grangois Tänzerin, Adélaïde hat es schon gehört. Grangois antwortet zähneknirschend, der Verlag verliere mit jedem von
Blocks Büchern an Charisma und Karma, das habe nichts
mehr mit Literatur zu tun, sie seien bloß noch eine Druckerei,
sein Image leide darunter, Adélaïde hört das oft. Courtel hat
Migräne, aber bleibt bei seiner Haltung. Bei diesem Saisonauftakt trägt Ève Labruyère die Farben von Ernest Block, Clotilde Mélisse verteidigt die Ehre von Guillaume Grangois.
Adélaïde weiß, dass es ein Hahnenkampf ist. Und es macht
sie fertig, wieder einmal darin verwickelt zu sein.

Sechzehn Jahre hatte Clotilde dieselbe Pressefrau, bis diese in
Rente gegangen ist. Dass sich nun Adélaïde um Clotilde kümmert, haben die beiden sich nicht ausgedacht, das war die
Idee von Guillaume Grangois. Adélaïde ist clever, sie ist dafür
bekannt, verfahrene Situationen zu retten. Clotilde und sie

kennen sich seit sechzehn Jahren, für Grangois ist das ein echter Gewinn, die Gewissheit, dass sich Adélaïde reinhängt, dass sie kämpfen wird, noch härter als sonst. Clotilde Mélisse ist eine Autorin mit komplexen Werken, der Text fließt nicht, oft ist er total unverständlich. Clotilde Mélisse schreibt experimentelle Autofiktion, sie dreht sich immer um sich selbst, was einen auf die Dauer verstimmt. Ihr Stil ist immer derselbe, eine kleine Leserschaft ist ihr treu, anders als die Presse. Die Kritiker mögen ihre Bücher nicht, es gibt kaum Rezensionen. Beim Radio ist es einfacher, Clotilde ist entspannt, sie macht gern Scherze, wird oft eingeladen.

Vor fast zwanzig Jahren sorgte sie mit *Das Wimmern des Küchenweckers* für Aufsehen, seither hat sie ein Buch nach dem anderen herausgebracht. *Chocobo mon amour, Das Monopoly der Schmerzen, Bitte nicht fortpflanzen, Ich wohne in meinem Kühlschrank.* Mehr als zwanzig Titel, in denen sie von sich erzählt, Texte, in denen sie selbst das Versuchskaninchen ist. Der letzte, für diesen Herbst, heißt *Die Prophetinnen von der N12.* Darin erzählt sie, wie sie mit einer Gruppe bretonischer Hexen daran gescheitert ist, den gerade stattfindenden Weltuntergang zu verhindern. Adélaïde ist niedergeschlagen. Sie wird nichts für Clotilde tun können und mitansehen müssen, wie sie untergeht. Grangois wird sich davon nicht erholen, Block daran ergötzen. Wobei ... Ève Labruyère wird ihn verrückt machen, Block kann sie nicht bändigen, da ist Adélaïde ganz sicher. Aber für sie zählt nur Clotilde. Clotilde, die darauf wartet, dass in ihrem Leben etwas passiert, Clotilde, die siebenundvierzig ist und die erste Hälfte ihres Lebens hinter sich hat.

Adélaïde versteht, was Clotilde emotional in diesen Literaturherbst investiert. Clotilde lebt seit zwei Jahren ohne Liebe. Dass sie bisexuell ist, erhöht ihre Chancen nicht, dass jemand bisexuell ist, verunsichert alle. Außerdem ist Clotilde mit den Jahren ziemlich aus dem Leim gegangen. Sie beharrt auch darauf, Pelze zu tragen, was sie wie ein Vielfraß ohne Gewissen dastehen lässt. Adélaïde fürchtet den Empfang, den ihr die Journalistinnen bereiten werden, sie hat schon mal vorgefühlt, *Die Prophetinnen von der N12* interessieren wirklich niemanden. Hermeline sagt es ihr gerade am Telefon: Clotilde kompensiert ihre Einsamkeit durch Hyperaktivität, wenn sie keine Presse bekommt, rutscht sie uns in eine Depression. Adélaïde weiß, dass sie recht hat, aber sie weiß keine Lösung. Nichts kann das Schweigen der Literaturkritik brechen, sie hat alles versucht, sobald sie Clotildes Namen ausspricht, verstummen alle am Tisch.

Sie könnte Clotilde als authentische Hexe verkaufen, die Kontakte anzapfen, die auch auf Ève Labruyère anspringen. Es gibt eine Hexen-Schriftstellerin in Paris, würden sie schreiben, Clotilde würde im Zeremoniengewand posieren, das *Athame* in der Hand, wie sie über einem Kessel weißen Salbei schneidet. Vor dem Altar der sieben Göttinnen, die des Olymps und Lilith. Adélaïde denkt an Reportagen, Fernsehauftritte, Internet-Hype. Dann besinnt sie sich, Clotilde wird nie einwilligen, sich als Jahrmarktsmonster zu präsentieren, und ihr Hexenkult muss geheim bleiben, daran erinnert sie Hermeline.

Hermeline ist einunddreißig, sie lebt auch allein, aber sie hatte die Wahl, ihre Einsamkeit, ihre Katzen, das ist eine Notwendigkeit. Hermeline war drei Jahre in eine hochtoxische Beziehung mit einer brillanten, aber extrem neurotischen Monique-Wittig-Spezialistin verstrickt. Seit der Trennung vor sechs Monaten hat Hermeline das Gelübde abgelegt, als Baba Jaga zu enden, sie verlangt von sich, allein und autonom zu sein. Im Gegensatz zu Adélaïde hat sie kein Problem emotionaler Abhängigkeit. Ihre Beziehung war ein Eifersuchtsdrama, sie leidet nicht an strukturellen Verlustängsten. Adélaïde ist Waise, seit sie acht war, ihre Eltern sind mit dem Auto zu einem Fest gefahren und nie wiedergekommen. Seither wartet sie auf ihre Rückkehr, es ist stärker als sie, sie denkt jedes Mal daran, wenn jemand unerwartet an der Tür klingelt. Hermeline und Adélaïde sind seit bald dreizehn Jahren befreundet, sie haben sich bei einer Lesung von Clotilde kennengelernt. Sie telefonieren täglich, wenn Hermeline nicht gerade eine Treckingtour macht wie in diesem Sommer.

Hermeline spürt deutlich die Angst, die ihre Freundinnen umklammert hält, diese Geschichte mit der zweiten Lebenshälfte. Sie weiß, dass es etwas anderes ist als die Angst vor dem vierzigsten Geburtstag, bei der alle ersticken und einen Haufen Blödsinn anstellen, bei der sich alle beweisen müssen, dass sie noch lebendig sind. Jetzt explodiert gar nichts, alles löst sich langsam auf. Hermeline ist viel jünger, aber voller Empathie. Was ihre Freundinnen erleiden, spürt sie tief in sich selbst. Sie erfasst die Grausamkeit einer Realität, der sie entgeht, weil sie lesbisch ist: Ihre Freundinnen sind dem männlichen Begehren unterworfen, und dieses Begehren schwindet. Das macht sie wütend, und sie sieht, wie demütigend es ist. Seit einigen Jahren nimmt sie wahr, wie die Verführungskraft ihrer Freundinnen schwächer wird, es ist nicht zu leugnen. Bei allen vieren. Judith ist achtundvierzig, da ist Schluss mit den Interviews, die sie für einen Augenaufschlag zugesagt bekam. Bérangère ist neunundvierzig und begnügt sich mit den Profilen von Männern, die ihr immer weniger gefallen. Clotilde und Adélaïde sind sechsundvierzig und haben in den Augen der Männer ihr Verfallsdatum überschritten. Hermeline betrifft das nicht, aber sie könnte ausrasten, dass Männer eine solche Macht über Frauen haben, sie schimpft ins Telefon: Das ist so was von ungerecht. Dann verflucht sie die Herrschaft des Patriarchats mit einem Zauberspruch.

Adélaïde hat aufgelegt, sie sitzt am einzigen Tisch, fühlt sich eingeengt und möchte sterben. Das wird ihr immer öfter so gehen. Sie denkt an Clotilde und ihr Buch, Clotilde, die gerade nach Paris zurückgekommen ist und die sie noch nicht anzurufen wagt, Clotilde, die sie seelisch auf das Schlimmste vorbereiten muss, dem Schweigen, der Nichtwahrnehmung, der Verachtung ausgesetzt zu sein. In Adélaïdes Kopf türmen sich die Hindernisse, sie sieht sie und listet sie auf. Und dann denkt sie an die neuen Ansprüche von Ève Labruyère, an die Erwartungen der Geschäftsleitung, den Druck von allen Seiten, ihr Bauch zieht sich zusammen, ihre Därme verknoten sich und sie fragt sich laut: Wie soll ich das hinkriegen?

Es ist 21.00 Uhr. Als sie verheiratet war, stand sie um diese Zeit vor dem Geschirrspüler. Um 19.45 Uhr vor dem Herd, später, in den Werbepausen eines Films, vor der Waschmaschine. Heute, allein und frei, besteht ihr Abendessen aus einer Packung Pringles mit Käsegeschmack, dabei scrollt sie durch ihren Facebook Newsfeed. Bei Instagram ist sie nicht eingestiegen. Sie kann nicht gut fotografieren, lieber bastelt sie sich Audio-Erinnerungen, einen Soundtrack, sehr wenig Bilder. Sie sieht nach, wer von ihren unbekannten Freunden ihr gefallen könnte. Natürlich bleibt die Suche erfolglos, aber wenigstens ist es am Ende 23.00 Uhr.

Adélaïde schläft ein und hat einen Albtraum. Marc Bernardier lässt sie auf ein Kamel steigen, Ève Labruyère liegt nackt in einem riesigen Kessel, die Glieder ausgestreckt wie im Whirlpool. Clotilde ist verschwunden, sie sucht sie überall. Es gibt ein großes Fest, bei dem all ihre Kollegen tanzen. Ernest Block und Guillaume Grangois machen eine Hip-Hop-Battle, die Literaturkritiker sitzen an langen Tafeln. Vor jedem steht ein Teller mit Fleischragout und Karotten. Alle essen und kauen eifrig. Verziehen ein bisschen das Gesicht, finden das Essen zu stark gewürzt. Mathieu Courtel kommt mit einer Kochhaube herein. Clotilde bleibt verschwunden. Eine Locke von ihr schwimmt in dem gusseisernen Teller. Adélaïde wacht auf und nimmt ein Lexotanil.

Mathématiques souterraines

Élias hat zwei Wochen gebraucht, um wieder jemanden zu finden. Adélaïde will das auch! Sie folgt allen Ratschlägen, die ihr ihre Freundinnen geben, nur nicht dem von Bérangère, die auf Onlinedating besteht. Sie geht zu allen Cocktailempfängen ihrer Branche, die im Herbst sehr häufig sind, und kleidet sich, so schick sie kann. Später am Abend flitzt sie in mehr oder weniger angesagte Clubs, wo DJs auflegen, die sie durch Judith kennengelernt hat. Sie trifft dort Männer jedes Alters, der eine oder andere könnte passen, aber es ist jedes Mal dasselbe: Bis sie sich aufrafft, hat eine andere ihn weggeschnappt. Sie kommt immer ganz angewidert nach Hause, manchmal kotzt sie Gin Tonic.

Adélaïde kennt die Zahlen des Statistikamts. Altersgruppe zwanzig bis sechsundvierzig in Frankreich: 17.797.310 Männer, 18.436.179 Frauen. So sieht es aus. 638.869 mehr Frauen, die Konkurrenz ist hart. Sie hat es gerade wieder in der Zeitung gelesen: »In Paris leben 13.700 mehr ledige Frauen als Männer, das ist ein Rekord.« 13.700 mehr, 13.700 zu viel. Adélaïde gehört zum Angebotsüberschuss, sie ist eine von ihnen, sie stellt sich diese Frauen vor, sie ist Teil einer riesigen Menge, 13.700 füllen die Stierkampfarena von Béziers.

Unter den 13.700 sind alle Altersgruppen vertreten. Von der jungen Frau, die man bald von dieser Zahl abziehen wird, weil sie eine Familie gründet, bis zu der alten, einsamen Kinderlosen ohne Rente, die in der Metro bettelt. Plötzlich fürchtet sich Adélaïde vor ihrer Zukunft. Während sie sich in dreißig Jahren an der Station von Charonne in Lumpen Piaf singen sieht, holt die Zahl sie ein, starrt die Zahl sie an, 13.700, die Arena von Béziers. Adélaïde erfasst das Ausmaß der Katastrophe, die Größe der Herausforderung. Sie ist eine von 13.700, um da rauszukommen, muss sie auserwählt werden. Der Masse entrissen, durch die Hand von Vladimir.

Adélaïde ist mutig, also versucht sie, positiv zu bleiben. Sie überlegt, ob bei den 13.700 Frauen die Lesben mitgezählt sind, in Paris wimmelt es ja von Lesben. Wenn sie also ein paar Tausend Lesben abzieht und dann noch die Frauen, die gar keinen Mann in ihrem Leben wollen, kommt sie vielleicht auf eine viel kleinere Zahl. Gerade genug, um eine Konzerthalle wie das Zénith zu füllen, 6.804. Womöglich auch nur zwei Olympia, kaum viertausend. Trotzdem steht sie auch da inmitten der Menge, plötzlich zum Zuschauen verdammt.

Adélaïde dachte, sie würde außerhalb des Blicks der Männer existieren, sie hätte sich eine Persönlichkeit jenseits ihres Begehrens geschaffen. Heute ist sie ausrangiert, es lauert die Regression, sie ist diesem Blick wieder unterworfen. Sie wäre so gern lesbisch und verflucht ihre sexuellen Neigungen. Adélaïde wird richtig wütend, würde so gern auf eine Partnerschaft verzichten können. Sie wäre so gern autonom, sich selbst genug. Stattdessen quält sie die Sehnsucht. Heute Abend lastet die Einsamkeit auf ihr wie ein Sack voller Katzenbabys, die man zum Fluss trägt. Niemand denkt an sie und sie denkt an niemanden. Sie ist für die Welt schon zu Lebzeiten nur noch eine Erinnerung. Nichts ist demütigender, als sich wegen dieser Abwesenheit schwach zu fühlen, nur die Liebesleere. Adélaïde will diesen Schwindel überwinden, sie schämt sich unendlich vor sich selbst. In ihrer Kehle wächst der Embryo eines Schluchzers.

Adélaïde konsultiert weitere Statistiken. Vierzehn Prozent der liierten Männer haben ihre Partnerin am Arbeitsplatz kennengelernt. Zwölf Prozent bei anderer Gelegenheit. Elf Prozent bei einem Fest oder einem Abendessen mit Freunden. Zehn Prozent beim Studium. Zehn Prozent über eine Website oder Dating-App. Neun Prozent in einer Bar oder einem Restaurant. Sieben Prozent bei einem Volksball, einer öffentlichen Feier. Sechs Prozent in einer Diskothek oder einem Club. Fünf Prozent an einem öffentlichen Ort, Straße, Park, Wald. Vier Prozent bei sportlicher Betätigung. Vier Prozent bei einem Familientreffen. Zwei Prozent bei kulturellen, politischen oder Vereinsaktivitäten. Ein Prozent über eine Partnervermittlung oder Anzeige. Ein Prozent bei einer Hochzeit oder Verlobung. Ein Prozent beim Einkaufen. Ein Prozent in Verbindung mit der beruflichen Tätigkeit, Seminar, Kolloquium, Messe. Ein Prozent bei einer Kultur-, Sport- oder politischen Veranstaltung. Ein Prozent in einem Verkehrsmittel, Bus, Taxi, Zug, Flugzeug.

Adélaïde fragt sich, was die zwölf Prozent *bei anderer Gelegenheit* sein mögen. Was das an Möglichkeiten bietet, abgesehen vom Bäcker oder vielleicht dem Dealer. Sofern das nicht auch dem *Einkaufen* zugerechnet wird. Adélaïde fragt sich, wie viel Prozent für sie nicht infrage kommen. Sie hat keine Familie, treibt keinen Sport und hasst Einkaufszentren. Abgesehen von der Arbeit geht sie keiner kulturellen, politischen oder Vereinsaktivität nach. Sie verweigert sich Webseiten oder Vermittlern, zuckt zurück, sobald man sie an öffentlichen Orten anspricht. Adélaïde möchte gern eine Partnerin werden, in der Statistik auftauchen. Diejenige sein, durch die ein Mann liiert ist, weil er sie kennengelernt hat. Heute Abend allerdings verliert Adélaïde die Hoffnung. Sie kann einem leidtun, wenn sie so hemmungslos weint.

Sie sitzt im Slip auf dem Bett und reibt ihre Beine mit einer Feuchtigkeitscreme ein, wie jeden Tag, auch wenn ihr diese Geste vergeblich erscheint. Sie rechnet aus, wie viele Männer ihren Körper im Laufe ihres Lebens liebkost haben. Kommt auf insgesamt sechzehn. Laut dem Gesundheitsportal Doctissimo liegt der Durchschnitt in Frankreich bei 13,2. Adélaïde fragt sich, wann sich wieder Hände auf ihr Hüftgold legen werden. Ob es wohl irgendwo in der Stadt oder im ganzen Land einen Mann gibt, der Lust darauf hat, der ihren Körper begehren wird. Sie steht auf und stößt sich dabei den Kopf, dann stellt sie sich vor den Spiegel. Ihre Brüste hängen nicht. Sie hat keine Kinder, die 90B hält sich voller Stolz. Was gibt es sonst zu sagen? Sie kann 40 tragen, ihre Taille ist schlank, das Becken üppig. Sie hat ein ganz schönes Bäuchlein. Den neu gekauften Hüfthalter hat sie nur einmal getragen, sie bekam keine Luft, konnte sich nicht hinsetzen, wäre fast umgekippt. Ihr Körper ist nicht mehr derselbe wie früher, sie muss

Diät halten. In Frankreich wollen sieben von zehn Frauen und jeder zweite Mann abnehmen. Das besagt eine Studie. Sieben von zehn Frauen, jeder zweite Mann. Obwohl die auch fett sind. Die Ansprüche sind nicht dieselben, auch ein Dickwanst behält seine Selbstsicherheit. Adélaïde fragt sich, ob in diesem Moment irgendwo in dieser Stadt oder im ganzen Land ein Mann in den Spiegel sieht und sich diese Frage stellt. Kann mein Körper Begehren wecken? Ja, bestimmt, vielleicht sogar mehrere, aber alle schwul.

Adélaïde versinkt, Adélaïde ertrinkt in ihren Erinnerungen. Adélaïde war neun Mal verliebt. Mit sechs Männern hat sie zusammengelebt, mit einigen von ihnen sogar sehr lange. Adélaïde rechnet aus, wie lange sie liiert war, von ihrem ersten Freund bis zu ihrem letzten und einzigen Ehemann. Sie kommt auf siebenundzwanzig Lebensjahre. Bei dieser Zahl tut sich sofort ein Abgrund unter ihren Füßen auf, der den Dielenboden ruiniert. Adélaïde wiederholt es neun Mal, denkt an die neun Leben der Katze, Sonnenkapital aufgebraucht. Nie mehr Liebe auf der Haut, höchstens das Streicheln eines Melanoms. Womöglich ist es vorbei, schlussfolgert Adélaïde. Sie weiß, was es heißt, geliebt zu werden, das hat sie oft erlebt. Und trotzdem ist sie gegangen. Die Langeweile, Adélaïdes größter Feind. Sie hatte ihnen nichts vorzuwerfen, den Auserwählten und dann Verlassenen, nur den Überdruss, vom Mann, von der Beziehung, sie war damit fertig. Adélaïde bereut nichts, sie hat nur Angst vor der Zukunft, die höchstwahrscheinlich keine Blüten tragen wird.

In ihrem 1,20-Meter-Bett fragt sich Adélaïde, seit wie vielen Wochen sie keinen Sex hatte. Und in wie vielen Monaten sie dem Beispiel von Bérangère der Jägerin folgen wird. Sex um seiner selbst willen, daran hat sie kaum gute Erinnerungen. Zweimal hat sie sich danach sogar übergeben. Adélaïde hat schon ein effizientes Sextoy. In Gedanken notiert sie: Batterien kaufen.

In den nächsten Tagen ist Adélaïde traurig. Niedergeschlagen, vom Kummer erdrückt. Wenn sie auf der Straße, in der Metro, im Bus ein Paar sieht, durchbohrt eine feine Klinge ihr Herz. Adélaïde hat Angst, dass Bitterkeit sie zerfrisst, dass sie endet wie jene Frauen, die ungewollt nie geheiratet haben und die man früher »alte Jungfern« nannte. Die Seele bitter, das Lächeln verschwunden. Adélaïde hat Angst, auf Gott und die Welt eifersüchtig zu sein. Sie ertappt sich dabei, völlig Unbekannte zu beneiden, Gallensäure abzusondern, sich ständig denken zu hören: *Warum nicht ich?*

Adélaïde verfolgt auf ihrem Telefon, was die Leute in sozialen Medien posten. Die Kissen liegen schlecht, sie hat Kopfschmerzen. Eine Bekannte regt sich furchtbar auf, eine andere schürt Neid. Auf jedem Foto ist das Wohnzimmer perfekt gestylt, das Kind drollig, die Katze absolut entzückend. Adélaïde würde gern in das Foto hineinkriechen, das Wohnzimmer verwüsten, dem Kind die Augen auskratzen und die Katze kidnappen. Zum ersten Mal hätte Adélaïde gern ein anderes Leben.

Dies ist die Geschichte eines Mauerblümchens, das keine Wurzeln mehr hat, weil es umgetopft wurde. Ein Herz in einem Einweckglas, eine abgeschnittene Stockrose. Adélaïde Berthel ist eine Frau wie jede andere. Die jetzt die Einsamkeit erlernt wie die Exilantin eine fremde Sprache.

Stewball

Adélaïde beklagt sich, nichts passiert, sie fühlt sich, als wäre sie nicht mehr die Heldin ihres Lebens. Der September scharrt mit den Hufen, Adélaïde schwingt sich auf seinen Rücken, sie wird als Kriegerin im Galopp durch den Auftakt der Literatursaison preschen. Die hippologische Metapher drängt sich in diesem Kontext auf. Der Saisonauftakt gleicht einem Pferderennen. Jeder Verlag ist ein Rennstall, die Autoren sind die Pferde, die Journalisten die Hindernisse, es gibt Trophäen und Preise, auf den Tribünen werden Wetten abgeschlossen. Der Pokal ist in diesem Fall eine rote Banderole um den Bucheinband. Adélaïde sieht sich als Jockey. Sie lenkt Ève Labruyère, damit sie auf ihrer Bahn bleibt. Sie treibt Marc Bernardier an, damit er ohne Murren elf Radiosendungen absolviert. Sie füttert Steven Lemarchand mit Äpfeln, sie hilft Clotilde, das Schweigen und bald eine gemeine Rezension zu schlucken. Einen Artikel, der sie für verrückt erklären wird, Adélaïde weiß davon, sie wurde gewarnt. Clotilde wird das Rennen womöglich nicht beenden, nach der ersten Runde von der Rennbahn geführt werden. Im Moment genießen von den neun französischen Titeln, die in diesem Herbst bei David Séchard erschienen sind, vier Aufmerksamkeit. Bald werden es nur noch zwei sein. Adélaïde hofft, dass Marc Bernardier dann noch dazugehört. Und dass sie Clotilde retten kann. Dafür wird sie sich ins Zeug legen.

Mitte September rückt näher, das Tempo wird schneller, die Rennbahn wird zur Zentrifuge, wer nicht mithält, fliegt aus der Bahn. Als Steven Lemarchand, ihr Debütroman, fragt, ob er Chancen hat, einen Artikel in einer großen Wochenzeitung zu bekommen, antwortet Adélaïde, ein bekannter Schriftsteller habe sein Buch in einem Facebook-Post angekündigt und 116 Likes bekommen. Sie fügt tröstend hinzu, dass er eine Chance auf den »Preis von Seite 111« hat, sie hat seine Seite 111 gelesen, die ist sehr gut geschrieben.

Ève Labruyère macht ihr und ihrem Lektor Ernest Block das Leben zur Hölle. Adélaïde kann keine Wunder vollbringen. Eine Pressefrau kann für ihre Autoren Mary Poppins sein, aber keine gute Fee bei den Journalisten. Sie kann Ève nicht in eine Autorin mit grandiosem Schreibstil verwandeln. Auch wenn Ève für diesen Literaturherbst ihre Gestalt geändert hat, keine Federn mehr trägt, sondern streng geschnittene Blazer, Brille und Dutt. Adélaïde kann nicht den Inhalt des Buches austauschen, alle Redaktionen mit Blindheit schlagen. Immerhin probiert sie es mit einem uralten Rezept, Lotussamen und Säuglingsblut. Dafür erhält Ève eine wohlwollende Kurzkritik in einer konservativen Zeitung und eine Doppelseite in einem Gesundheitsmagazin über Feelgood-Romane. Adélaïde ist hartnäckig, sie sucht ein Hintertürchen, will Zugriff auf die Redaktionen bekommen. *Die Liebe selbst in Anglure* spielt im ländlichen Frankreich, es gibt viele Beschreibungen von Feldern, Wäldern, Laub, frei laufenden Hunden,

Hirschen. In Zeiten der ökologischen Katastrophe schreit der Leser geradezu nach Natur. Sie ergattert eine Doppelseite in einem anerkannten Wochenblatt, einen Artikel in einer viel gelesenen Tageszeitung und vier Seiten in einem Umweltmagazin.

Mit Marc Bernardier ist es das Gegenteil, jeder Tag ist voll charmanter Momente und köstlicher Komödien, er verführt im Radio, begeistert die Presse. Adélaïde begleitet ihn, so oft sie kann. Das ist eine zauberhafte Ablenkung und außerdem eine Gelegenheit, bei den Journalisten die Werke ihrer anderen Autoren ins Gespräch zu bringen. In den Gängen des Rundfunkgebäudes trifft sie Bekannte aus anderen Redaktionen. Adélaïde ist clever, sie verschafft Clotilde eine Einladung in eine Sendung mit großer Hörerschaft, das Thema der Woche lautet *Religionen, dafür oder dagegen?* Für Clotilde als praktizierende Polytheistin interessieren sich die Redakteure. Eine Stunde lang wird sie über ihre Erfahrungen sprechen, die sie in *Die Prophetinnen von der N12* festgehalten hat.

Mitte September rückt näher, der Druck steigt, in der Salle Rubempré schwitzen die Lektoren, die Pressefrauen bekämpfen sich bis aufs Messer. Jede hat ihre Fohlen, vergessen wir nicht, dass alle auf derselben Rennbahn galoppieren. Der Platz in den Medien ist begrenzt, Adélaïde und ihre Kolleginnen sind direkte Konkurrentinnen. Alle wissen, dass sich das Rad dreht, aber in diesem Jahr ist es anders, wegen Anne-Marie Bertillon. Zu jedem Büroalltag gehört unweigerlich ein Todfeind, der dich verfolgt und peinigt, wie der grausame Zauberer Gargamel die Schlümpfe, der konspiriert und dir schadet und konspiriert, um dir zu schaden, sobald er die Schwelle des Unternehmens übertreten hat. Anne-Marie Bertillon ist für Adélaïde eine tägliche Qual, seit sie vor sechs Monaten angefangen hat. Adélaïde nennt sie Rüsselviper, weil sie Gift versprüht und zugleich überall ihre Nase reinsteckt.

Rüsselviper ist in diesem Herbst für einen Autor zuständig, der in Konkurrenz zu Marc Bernardier steht, Jean-Pierre Tourvel, ein früherer Kriegsberichterstatter, der seit 1987 seine Memoiren in Romanform schreibt. Sein voriger Titel, *Die Kinder des Kummers*, hätte fast einen der großen Literaturpreise bekommen. In diesem Jahr folgt *Leid, ich schreibe deinen Namen*, und die Medien prügeln sich um ihn. So sehr, dass sich vor Adélaïde manche Türen schließen. Marc Bernardier wird nicht bei *Niemand hört zu* eingeladen, einer Talkshow, die den Verkauf stets in die Höhe treibt, dort nehmen sie nur sehr wenige Schriftsteller, in diesem Jahr wird das nichts. Marc Bernardier ist ein Geschichtenerzähler, aber Jean-Pierre Tourvel bricht in Tränen aus, wenn er von seinen Abenteuern erzählt. Rüsselviper weiß das und gibt damit in der Salle Rubempré an. Adélaïde begleitet Ève Labruyère jedes Jahr in *Niemand hört zu*. Aber für ihre Feindin ist es ein großes Ding. Adélaïde hofft, dass ihre Chefin ihr zuflüstert: Frag Adélaïde, die erklärt dir, wie es da läuft. Was auch umgehend der Fall ist, und Adélaïde ist glücklich. Jean-Pierre Tourvel wird die Herzen bewegen, die Kamera wird seine Tränen auffangen, der Vertrieb in Nachbestellungen ertrinken.

Was passiert Mitte September? Die Longlist der Literaturpreise. Ernest Block rackert sich ab, um Ève Labruyère zufriedenzustellen, die damit droht, den Verlag zu wechseln. Seit fast drei Wochen lädt er die Juroren zum Mittagessen ins Restaurant ein, was ihm einen überhöhten Cholesterinspiegel, schwindelerregende Spesenrechnungen und den Zorn des Verlegers Mathieu Courtel einbringt. Adélaïde hingegen hat abgenommen. Sie lässt die Mittagspause oft ausfallen, um ihre Autoren zu bemuttern, sie isst schlecht und wenig, abends gibt es immer einen Cocktailempfang, eine Soiree, die Lesung eines Autors, die zu besuchen sich empfiehlt. Wenigstens genießt sie die Stille, wenn sie nach Hause kommt. Ein paar Wochen lang findet Adélaïde, dass es trotz allem ganz praktisch ist, allein zu sein. Mit Élias ging sie selten beruflich aus, nur das absolute Mindestmaß. Jetzt, wo sie kein Privatleben mehr hat, ist sie viel effizienter. Aber sie übertreibt es ein bisschen. Jede Nacht träumt sie, dass Marc Bernardier den Prix Goncourt bekommt und dass sie Anne-Marie-Bertillon in kleine Stücke hackt.

Adélaïde ist clever. Um Clotilde vor dem Untergang zu retten, denkt sie an Communitys, also an Instagram. Nichts hilft einem Buch besser, als wenn es von einer Influencerin präsentiert wird und das durch Spezialfilter zum Glänzen gebrachte Cover neben einer Katze oder einer alten Hornbrille liegt. Dazu muss man sie begeistern, ihre Sprache sprechen, Bilder machen, Clotilde bitten, als Hexe zu posieren. Das empfiehlt ihr Selma vom Marketing. Wenn Clotilde das Wort Marketing hört, packt sie die Kalaschnikow aus, also muss Adélaïde tricksen. Sie spricht mit Judith darüber, die mit ihrem Mann und ihrer Tochter in einer reizenden Dreizimmerwohnung wohnt, auf deren Parkett, bedeckt von einem dicken Teppich, ein Pentagramm gezeichnet ist. Sie werden gemeinsam zu Werke gehen. Also laden sie Selma vom Marketing und Clotilde zu einem netten Mädelsabend ein. Clotilde und Adélaïde lieben solche Abende. Das sind Momente intensiver, vertraulicher Gespräche, das Koks ist immer von bester Qualität. Um 3.52 Uhr macht Selma eine Serie von Fotos mit Clotilde im Zeremoniengewand, das Athame in der Hand, wie sie über dem Kessel weißen Salbei schneidet. Das wird sie am nächsten Tag auf allen Kanälen posten. #Magiefüralle. Adélaïde wird die Idee haben, #performance hinzuzufügen. Aber nur ein modebewusster Teenager wird mit #derkimonoistsuper reagieren. Clotilde wird wütend sein und ein bisschen abstürzen. Die Wut wird ihr helfen, denn jetzt erscheint der schreckliche Artikel, den Adélaïde so fürchtet, eine Viertelseite in einer maßgeblichen Zeitschrift für die 25- bis 45-jährigen. Die Wut hilft Clotilde, den Schlag wegzustecken, wenn sie aufrecht, angespannt, aktiv ist. Die Kritik hat nur eine Aussage: *Die Prophetinnen von der N12* ist das Werk einer Verrückten, Clotilde Mélisse ist wahnsinnig, sie ist schon mal eingewiesen worden, man könnte glauben, aus dem Verlag David Séchard sei eine Tagesklinik geworden. Der Artikel spielt auch hinterlistig auf Clotildes Gewichtszunahme an: Seit *Das Wimmern des Küchenweckers* sei ihr Stil schwerfälliger geworden. Illustriert wird der Artikel mit einer Abbildung von Miss Piggy, die mit einem Trichter auf dem Kopf herumschreit. Adélaïde fürchtet, dass Clotilde plötzlich Lust bekommt, sich umzubringen, die packt sie manchmal schon bei viel harmloseren Anlässen, und heute Abend muss sie vor Leuten auftreten, von denen viele den Artikel gelesen haben werden. Clotilde wird darüber kein Wort verlieren, sich aber ein Foto der Rezensentin besorgen, dazu rotes Wachs und dreizehn große Nadeln.

Die Woche vom 15. September geht auf alle nieder wie die flache Hand von Mathieu Courtel auf den Tisch, mit einem dumpfen, fast schon vertrauten Geräusch. Der Abenteurer Marc Bernardier und der Reporter Jean-Pierre Tourvel stehen auf der Longlist des Goncourt. In der Salle Rubempré starrt Rüsselviper Adélaïde herausfordernd an. Dann sagt sie mit besorgter Miene: Marc war gestern sturzbetrunken, ich habe gehört, er hat sich vor dem Buchhändler übergeben, er wird das Rennen nicht durchhalten, ich mache mir große Sorgen. Adélaïde steckt den Schlag ein und denkt dabei an Clotilde, die in diesem Moment weitaus Schlimmeres durchmacht. Sie antwortet nur: Wie jedes Jahr, aber du bist ja noch neu. Rüsselviper gibt klein bei. Courtel fasst zusammen: Beim Femina und dem Médicis ist der Verlag vertreten. Auch beim Preis *30 Millions d'amis*, den der Tierschutzbund verleiht. Ève Labruyère steht auf der Liste, weil ihre Heldin eine enge Beziehung zu einem wilden Hund entwickelt. Nun will Ève Labruyère den Preis auch bekommen. Adélaïde kann nichts tun, aber sie ergattert für sie die Titelseite eines auflagenstarken Magazins, bei einer Sondernummer über Haustiere.

Der Herbst kommt, Adélaïde isst mit Élias zu Mittag, sie haben sich seit Ende Juli nicht mehr gesehen. Das Gespräch ist entspannt, wohlwollend, angenehm. Sie kann ein Dessert bestellen, ohne dass er es kommentiert. Beim Bezahlen klappt Élias seine Brieftasche auf. Adélaïde stellt fest, dass er ihr Foto durch das der anderen Frau ersetzt hat, die er binnen zwei

Wochen gefunden hat. Adélaïde dürfte sich nicht darüber wundern. Trotzdem ist es ein komisches Gefühl, dasselbe Automatenformat unter der Plastikfolie. Sie fühlt sich austauschbar, und das zieht sie runter.

Adélaïde bürstet ihr Haar und stellt fest, dass es ihr büschelweise ausgeht. In der Bürste hängen dicke Strähnen, Adélaïde ist fassungslos, dann packt sie das blanke Entsetzen. Der Friseur wird ihr ein Shampoo gegen Haarausfall verkaufen, der Apotheker eine Behandlung mit Kapseln, die sie drei Monate lang nehmen soll. Adélaïdes Haar wird dünn und stumpf, schuld daran sind das Färben, die Hitze des Glätteisens, die Müdigkeit und die Käsepringles zum Abendessen. Aber für Adélaïde liegt die Ursache woanders, und das macht sie fertig. Adélaïde steht vor dem Spiegel, ihre Haare und Augen sind nass. Sie findet sich alt, sieht ihre welke Haut, die Augenringe, ein toter Krake aus bräunlichem Keratin auf dem Kopf, herabhängende, gespaltene Tentakeln über den Schultern. Adélaïde begreift, dass ihre Jugend sich verflüchtigt hat, jede Frische hat sie verlassen, es ist aus und vorbei. Sie fühlt sich fast tot, ihr wird ganz schwindlig. Sie berührt die braunen Strähnen, fürchtet, dass sie zerfasern, sich unter ihren Fingern in Späne verwandeln. Adélaïde sagt sich, dass Aphrodite nicht mehr da ist, die Göttin der Liebe, aber auch der Schönheit. Sie fühlt sich im Stich gelassen, weiß nicht, welches Ritual sie zurückholen kann. Sie fragt sich, ob sie Vladimir beim nächsten Vollmond opfern muss, bis dahin investiert sie erst mal Unsummen in Anti-Aging-Seren und Tagescremes. Im 21. Jahrhundert ist Jungfrauenblut selten geworden. Adélaïde schläft ein, ihr Verfall breitet sich auf dem Kopfkissen aus.

Ivan, Boris et moi

Du musst deine Ex-Männer auflisten, alle seit der Schule. Das schlägt ihr Judith vor. Adélaïde hat echt die Nase voll vom Alleinsein, also gut. Die Namen aus der Grundschule lässt sie weg, das waren zu viele, sie bringt alle durcheinander, außerdem zählen die nicht. Sie lässt auch die ersten Jahre vom Gymnasium weg, was aus Cédric geworden ist, weiß sie genau, sie hat ihn vor zehn Jahren in einem Supermarkt am Stadtrand von Paris getroffen, Jogginghose, schwangere Frau und zwei extrem schlecht erzogene Kinder.

Adélaïde war neun Mal verliebt. Mit fünfzehn in Sasha, mit siebzehn in Julien, mit zwanzig in Hervé, mit zweiundzwanzig in Omar, mit achtundzwanzig in Basile, mit dreißig in Ivan, mit zweiunddreißig in Samuel, mit sechsunddreißig in Philippe, mit siebenunddreißig in Élias. Was aus den drei Ersten geworden ist, weiß sie nicht. Omar lebt einfach weiter, weil es keine Gerechtigkeit gibt. Basile ist Angestellter und Familienvater, Ivan drogensüchtig, Samuel ein brillanter Anwalt und Eigentümer einer Fünfzimmerwohnung Rue du Temple, in der er mit seiner Frau und seinen beiden Töchtern wohnt; mit Philippe hat sie sich jeden Montag zum Mittagessen getroffen, bis seine neue Freundin etwas dagegen hatte.

Adélaïde erinnert Judith beim Aufzählen daran, dass immer sie die Männer verlassen hat und dass sie sich abgesehen von Sasha, ihrem Liebsten in der neunten Klasse, mit keinem je wieder zusammentun würde, auf gar keinen Fall! Judith schreibt mit und wiederholt: Ich habe gesagt, alle Ex-Männer.

Sie sucht die Namen ihrer Flirts, ihrer Urlaubsbeziehungen, manchmal braucht sie eine Ewigkeit, bis ihr ein Nachname einfällt, Mathias Irgendwie am Gymnasium, Éric Dingsbums an der Uni, Stéphane Wienochmal beim Praktikum. Adélaïde war neun Mal verliebt, der Rest war Tändelei, Verknalltsein, ein mikroskopisches Strohfeuer. *Aber du weißt nie, was aus ihnen geworden ist*, argumentiert Judith und fängt an, die Namen auf der Liste zu googeln.

Draußen hält der Oktober Einzug. Der Regen wird stärker und sensible Geschöpfe befürchten Depressionen. Heute Abend hält Judith die Zügel in der Hand, Adélaïde wird nicht schlappmachen. Judith hat ihre Playlist aufgerufen, sie hat eine Überraschung vorbereitet, sie weiß, dass Adélaïde auf Filmmusik steht. Eine Zusammenstellung von Balladen aus den Achtzigern, »Dreams Are My Reality«, »Forever Young«, »Your Eyes«, »Eyes without Face« und zwei Lieder von Bonnie Tyler. Aufgemuntert und angestachelt macht sich Adélaïde auf die Spurensuche. Was ist aus meiner Liebe von vorgestern geworden? Wie steht es um meine Lover von früher? Judith stellt fest, dass einige falsch geschrieben oder einfach nicht vorhanden sind. Julien ist unauffindbar, bei Hervé gibt es Zweifel, der Nachname ist so geläufig, es gibt zu viele Möglichkeiten. Die anderen hinterlassen Spuren, LinkedIn, die eigene Website, Artikel, Facebook. Eine Lokalzeitung meldet Stéphanes Sieg bei einem Tarot-Turnier. Mathias ist Personalchef und wird von einem Lokalsender interviewt, sie können ihm auf YouTube zusehen, wie er die Verdienste seiner Einstellungsmethoden rühmt. Eine ordentliche Wampe, aber er hat noch seine Haare. Seine Adresse führt auf Google Maps zu einem kleinen und sehr hässlichen Einfamilienhaus am Stadtrand. Éric stand bei den letzten Gemeindewahlen auf einer rechten Liste, das hatte sie wirklich nicht erwartet.

Judith spürt einen Ex nach dem anderen auf, die Ergebnisse sind enttäuschend. Sie zeigen sich auf Facebook mit Frau und Kindern. Immerhin scheinen zwei noch im Rennen zu sein. Sasha, ihr Freund aus der neunten Klasse, und Antoine, da war sie ungefähr dreißig. Sasha leitet ein Informatikunternehmen, Antoine kümmert sich immer noch um die PR für ein Veranstaltungszentrum. Von Sasha findet sie schnell eine Mailadresse. Adélaïde schreibt eine Mail, im Ton eine Mischung aus Neugier und kameradschaftlicher Vertrautheit. Bei Antoine hält sich Adélaïde zurück. Sie weiß nicht mehr genau, wie es geendet hat, warum es geendet hat, ihre Erinnerung daran ist verschwommen, unbeständig und bruchstückhaft.

Adélaïde putzt sich die Zähne und denkt an Sasha, ihre ersten Gefühle, ihre Verliebtheit in der Neunten. Sie überlegt sich, dass sie mit ihm nicht geschlafen hat. Sie stellt sich Sasha heute vor, von Angesicht zu Angesicht. Unweigerlich ähnelt Sasha Vladimir. Besser gesagt, ähnelt Vladimir eher Sasha. Lang und schmal, etwas steif, mit Adlernase. Wir werden alle von unserer ersten Liebe geprägt, sie beeinflusst die Zukunft, durchdringt das Unbewusste.

Adélaïde putzt sich die Nase und träumt von Sasha, der ihr sagt: Nach all den Jahren treffe ich dich wieder. Auf den Fotos der Firmenwebsite sieht Sasha immer noch genauso gut aus, Judith hat es bestätigt. Sie hat gesagt: Vielleicht hat er so viel gearbeitet, dass er noch ledig ist. Oder frisch geschieden. Adélaïde in ihrem Bett glaubt felsenfest daran. Irgendwie waren alle Geschichten, seit sie fünfzehn war, nur dazu da, den Kreis zu schließen. So steht es geschrieben, und alles hat seinen Sinn. Die Leere, all das Leid, eine Läuterung. Sie wird Sasha wiedersehen, wie auf dem Schulhof, am Kiosk, im Hinterhof. Heute Abend hat Adélaïde endlich jemanden, an den sie denken kann, ein Objekt, auf das sie ihre Fantasien und ihren Hunger nach Liebe projiziert.

Am nächsten Morgen ist ihr Posteingang leer, Sasha antwortet nicht. Um 12.30 Uhr sagt sich Adélaïde, dass Judith und sie zu viel koksen. Um 15.32 Uhr antwortet Sasha begeistert, er ist verheiratet, hat zwei Kinder, würde gern mal mit ihr essen gehen. Sie werden sich als alte Bekannte treffen, sie wird keinen Ausschnitt tragen, sie lässt die Finger von verheirateten Männern, das ist eine Frage des Prinzips. Danach wird sie enttäuscht sein, aber gut gegessen haben.

Am nächsten Abend sucht Adélaïde Antoine auf Facebook, sie vergewissert sich, dass er offensichtlich nicht liiert ist und dass er nach fünfzehn Jahren nicht allzu abgewrackt ist. Sie erinnert sich kaum an ihre kurze Beziehung. Damals nahm sie

Antidepressiva, Hypnotika und viel Lexotanil. Ihr fällt ein Kuss auf der Straße, ein Kuss im Kino ein, und daran hält sie sich fest, konstruiert damit ein Bild: schlüpfrig wie ein Aal. Sie schreibt die Mail immer wieder neu, entscheidet sich für Streicher, lässt die Violinen schluchzen. *Manchmal packt mich die Wehmut*, sie traut sich solche Sätze. Adélaïde hat vor nichts mehr Angst, sie ist bereits in der Fiktion.

Antoine wohnt immer noch in Belleville, sie begutachtet alle verfügbaren Bilder und sieht sich schon an seiner Seite. Gemeinsam laufen sie den Boulevard entlang, Hand in Hand, wie Teenager, halten bei einem Chinesen an, holen sich etwas zum Mitnehmen. Adélaïde stellt fest, dass schon die Vorstellung, abends nicht mehr allein zu essen, sie zum Träumen bringt. Es macht ihr ein bisschen Sorgen, dass sie mehr an Pekingente denkt als an leidenschaftliche Küsse. Sie gehen zu Judith, die ein Fest gibt, sie tanzen. Adélaïde sieht alles vor sich, Judiths Wohnzimmer, in dem die Möbel an den Rand geschoben sind, Antoines ausgetretene Turnschuhe, die sie ihm bald ausreden wird, Antoines Augenfarbe, an die sie sich kaum erinnert, sie sucht auf den Fotos danach. Von ihrer kurzen Affäre hat sie fast alles vergessen, aber Antoine steht vor ihr, er wird sie küssen. Beim Einschlafen denkt Adélaïde an jemanden, das hält die Leere und Traurigkeit auf Abstand. Sie denkt: Ich stehe am Anfang einer Beziehung. Und durch die Vorahnung dieses Neubeginns fühlt sie sich wieder lebendig.

Sie wird erst in der darauffolgenden Woche Antwort erhalten. *Wehmut, so ein Quatsch! In der Vergangenheit leben ist Blödsinn.* Adélaïde wird wütend sein. Nicht so sehr über den Ton, eher, weil Wehmut eigentlich gar nicht ihr Ding ist. Sie war nicht ehrlich, und das hat sie nun davon. Wenn sie ehrlich gewesen wäre, hätte sie geschrieben *Komm und erlöse mich aus meiner Einsamkeit.* Aber das hätte auch nicht funktioniert.

Was bei Antoine passte, war, dass er keine Kinder hatte. Alle wollen sich fortpflanzen, die meisten hatten es inzwischen hinter sich gebracht. Adélaïde hat wenig Aversionen: nur Sabber, Erbrochenes und Föten im Bauch. Beim Anblick einer schwangeren Frau ist ihr immer schon schlecht geworden. Sie kippt jedes Mal fast aus den Latschen. In der Öffentlichkeit ist das ein großes Handicap, im privaten Kreis sorgte es für einigen Kummer. Ausgeprägte Tokophobie. Als Judith schwanger war, hat sie sie sechs Monate lang nicht gesehen, hat sich absichtlich mit ihr verkracht. So eine Störung ist unaussprechlich, für alle inakzeptabel. Sie fängt an zu schwitzen, wenn eine Frau vom Ultraschall erzählt, kämpft gegen Übelkeit bei dem Ausruf: Es bewegt sich, das Wort »Nabelschnur« löst Panikattacken aus, den Bericht von einer Entbindung würde sie nicht überleben. Und sie hasst Kinder, sie hasst sie von ganzem Herzen, es reizt sie überhaupt nicht, Stiefmutter zu spielen. Ganz zu schweigen vom Problem zu teilen, Aufmerksamkeit, Zuwendung, Liebe zu teilen. Élias hatte eine fünfundzwanzigjährige Tochter, sie war absolut selbstständig, er sah sie nur selten, aber Adélaïde war trotzdem eifersüchtig auf sie.

Adélaïde ist exklusiv, sie will eine Beziehung, keine Familie. Sie lehnt das Wort »Familie« ab, sie ist wie Clotilde der Meinung, dass die Familie die Urzelle der Entfremdung ist. Adélaïde will sie selbst sein, Adélaïde will frei sein, aber das einzige Gravitationszentrum des Mannes, der sein Herz an sie verlieren könnte. Ihr Anspruch ist eine Überlebensfrage, sie hat es einfach nicht ertragen, wenn Élias seine Tochter umarmte. Und genauso wenig, sich selbst leiden zu sehen und zu wissen, dass sie, sie allein das Problem war.

Adélaïde schläft nicht, sie schickt ein Stoßgebet an ihre Schutzgöttinnen. Als Aphrodite an der Reihe ist, hat sie das Gefühl, dass irgendwas nicht stimmt. Eine Hitzewallung, wie in der Menopause. Adélaïde gerät in Panik. Ihr Körper ist aus den Fugen geraten, ihre Regel hat aufgehört und sie hatte sich darüber gefreut, aber heute Abend stimmt etwas nicht, Aphrodite ist nicht da, Adélaïde weiß es. Der Oktober nimmt seinen Lauf, zerfressen von dieser Abwesenheit. Der Herbst wird geduldig ihre Augenringe vertiefen.

Puissance et gloire

In der Salle Rubempré redet Mathieu Courtel mit den Lektoren und Pressefrauen Tacheles. Seine Handfläche knallt immer wieder auf den Tisch, er kommt gerade von einer Sitzung mit den Aktionären, die ihn unter Druck setzen. Sie wollen Ergebnisse, hohe Verkaufszahlen und Preise, den Goncourt. Der Goncourt: 300.000 verkaufte Exemplare, eine Million Gewinn. Courtel ereifert sich, seine Stimme wird schneidend. Gosham und Sévrin sind zuständig für Jean-Pierre Tourvel und Marc Bernardier, die beide noch im Rennen sind. Sie haben sich mächtig ins Zeug gelegt und vier Kilo zugenommen. Sie sagen: Wir haben eine Chance. Und schieben gleich hinterher: Wenn wir in den nächsten Wochen ausreichend sichtbar sind. Alle Blicke richten sich auf die Pressefrauen, von denen die beiden Autoren abhängen, Adélaïde und Rüsselviper. Adélaïde stellt ihren Schlachtplan vor: große Interviews, lange Radiobeiträge und in drei Tagen die Aufzeichnung von *Die kleine Bibliothek*, der einzigen literarischen Fernsehsendung. *Die kleine Bibliothek* gilt als Heiliger Gral, Adélaïde wird gelobt. Dann ist Anne-Marie Bertillon an der Reihe, Jean-Pierre Tourvel bekommt auch viel Aufmerksamkeit, und vor allem ist er in derselben Sendung der *Kleinen Bibliothek* wie Bernardier, irgendwer hatte abgesagt, und sie hat die Gelegenheit beim Schopf ergriffen. Rüsselviper bekommt Beifall. Eine dünne Klinge bohrt sich in Adélaïdes Bauch.

Der Oktober liegt in den letzten Zügen, die Würfel sind fast gefallen, Adélaïde kämpft. Sie startet die Mission »Rettung von Steven Lemarchand«, unterstützt von Selma vom Marketing. Courtel ist einverstanden, der Friseur kann als Spesen abgerechnet werden. Selma hat Klamotten von The Kooples ausgeliehen, Adélaïde besonders starkes Haschisch besorgt. Die Location ist eine leer stehende Fabrikhalle. In den sozialen Medien regnet es Herzen, so etwas lieben sie. Vor allem das Ganzkörperporträt von Steven, mit nacktem Oberkörper unter der Motorradjacke, das Buch verdeckt seine Unterhose.

Marc Bernardier gibt zu, dass er sich nicht wohlfühlt beim Gedanken an *Die kleine Bibliothek*. Schuld ist Jean-Pierre Tourvel, Bernardier hat ihn immer schon verabscheut. Die Show des Gutmenschen, der in Tränen ausbricht, das Monopol der Emotionen. Bernardier war schon einmal mit ihm auf einem Podium, nicht im Fernsehen, sondern bei einem Festival. Marc stellte sein Buch *Komm zu mir, Zapopan* vor, das von seinen wilden Abenteuern in Mexiko erzählte. Das Publikum hing an seinen Lippen, als er von der großen Brünetten und den Guerilleros erzählte. Als Jean-Pierre an der Reihe war, ging es um Antipersonenminen und amputierte Kinderbeine, die Stimmung war im Eimer. Marc fürchtet aus gutem Grund, dass sich das Gleiche wiederholen wird. Als es so weit ist, steht Adélaïde hinter der Bühne und zögert. Ein Tipp von Bérangère, dem Gegner ein Abführmittel ins Wasserglas geben. Tourvel neutralisieren. Adélaïde hält sich zurück, schließlich ist sie loyal. Sie denkt an die Folgen, an das Wohlergehen des Verlags. Also gibt sie nur ein paar Tropfen in die Cola von Rüsselviper.

Thema der Sendung sind die großen Reisenden. Neben Bernardier und Tourvel gibt es drei weitere Gäste: Amina Prado mit *Für den Elefanten, der mich zerquetschte*, Karina Pestrova mit *Ich bin nicht allein in Saint-Malo* und Markus Rouault, Autor von *Europa auf einem Wachstuch*. Adélaïde verfolgt die Sendung hinter der Bühne, während es Anne-Marie richtig schlecht geht. Der Moderator beginnt mit Amina Prado, es ist allzu offensichtlich, dass Marc Bernardier sich langweilt. Adélaïde verkrampft sich, ohnmächtig verfolgt sie, wie er als Wegschnitt zu sehen ist, während er einer hübschen Blondine im Publikum zuzwinkert. Jean-Pierre Tourvel ist tadellos, Kopf geneigt, Zuhörerposition. Dann ist Markus Rouault an der Reihe, ebenfalls auf der Goncourt-Liste. Sein Roman dreht sich um eine Familie, die zerrissen wird, und um die Fallstricke des europäischen Modells. Er erzählt eine Anekdote über seine Mutter und den Brexit. So viel Untätigkeit macht Bernardier nervös, wahrscheinlich explodiert er gleich. Jean-Pierre Tourvel meldet sich zu Wort, er kannte mal einen Engländer, der auf tragische Weise gestorben ist. Der Moderator fragt nicht nach, die Nummer funktioniert hier nicht, Adélaïdes Hand taucht in die Chips-Schüssel.

Marcs Moment ist gekommen. Als echter Abenteurer erzählt er vom Dschungel und von Krokodilen, es ist absolut faszinierend. Adélaïde genießt es. Plötzlich taucht eine Gruppe von vier Personen auf dem Podium auf. Sie ergreifen das Wort und sind sehr wütend. Es sind keine Künstler, sondern Mitglieder von Action Verte, einer Fraktion von Extinction Rebellion. Sie entrollen ein Transparent: *Bücher töten Wälder.* Einer sagt: Die CO_2-Bilanz eurer Romane ist eine Schande. Eine andere: Das Papier eurer Bücher zerstört den Regenwald in Brasilien. Die Sicherheitsleute greifen ein. Die Sendung ist nicht live, niemand wird etwas merken. Aber Marc ist erschüttert. Er, der durch die Welt reist, erlebt selbst, wie sie stirbt. Er spricht in seinem Buch darüber, er hat das Ende der Paradiesvögel miterlebt. Adélaïde wird später Mühe haben, ihn bei der Stange zu halten, er wird bei seinen Interviews von Untergang und seinem ökologischen Fußabdruck sprechen, wird ankündigen, dass er nicht mehr fliegen werde. Adélaïde wird ihm die Idee einer gefährlichen Ozeanüberquerung auf dem Segelboot einflüstern und ihn somit vor einer Depression bewahren.

Andere Autorin, andere Bühne. Ève Labruyère und ihre Bulldogge sind bei der Unterhaltungssendung *Ich liebe den Sonntag* eingeladen. Sie sollte dort eigentlich ihr altes Chanson »Meine Liebe gehört nicht dir« singen, hat aber durchgesetzt, dass sie ein Gedicht von Sylvia Plath vortragen darf, begleitet von einem Musiker des Forschungsinstituts für Akustik. Adélaïde hat größte Mühe, Ève auf die richtige Bahn zu bringen. Ihre Obsession für den Literaturpreis des Tierschutzbundes lässt nicht nach, aber darum kümmert sich Ernest Block. Adélaïde muss eine andere fixe Idee kontrollieren, die sich auf eine konkrete Person richtet. Ève Labruyère möchte von Laure Adler, der bekannten Fernsehjournalistin, auf Arte interviewt werden, deshalb verfolgt sie sie. Adélaïde weiß nicht mehr, was sie tun soll, Ève belästigt sogar Adlers Ehemann. Block schlägt ein paar Lesungen in Buchhandlungen vor, weit weg von Paris.

Die ersten Shortlists werden veröffentlicht: Bernardier, Tourvel und Rouault sind die drei Letzten auf der des Goncourt. Courtel wiederholt es wie ein Mantra: Unsere Chancen liegen bei zwei zu eins. In der Salle Rubempré will die Spannung nicht weichen. Guillaume Grangois erkundigt sich nach Clotilde Mélisse. Radiobeiträge und ein bisschen regionale Tagespresse. Adélaïde erläutert auch den Aktionsplan der Kollegen aus dem Vertrieb, die für den Buchhandel zuständig sind. Clotilde wird in direkten Kontakt mit den Lesern treten. Bis Januar wird sie durch ganz Frankreich reisen. Damit ist Adélaïde sehr zufrieden. Clotildes Moral ist wieder stabil.

Der Oktober stirbt, der November ist da, auf der Rennbahn werden die Trophäen verliehen. Der Prix Goncourt geht in diesem Jahr an Markus Rouault. In der Salle Rubempré liegt Courtels feuchte Hand reglos auf dem Tisch. Die Lektoren sind auf Diät und verfluchen die Schlagkraft der Konkurrenz. Marc Bernardier setzt die Segel, sein Ziel wird er bis zu seinem nächsten Buch geheim halten. Jean-Pierre Tourvel wird weinen und seine Frau wird ihn verlassen, was das Fass zum Überlaufen bringt. Er wird sich mit dem Prix Renaudot trösten.

Ève Labruyère hat den Preis des Tierschutzbundes ergattert. Ihr Buch hat jetzt eine Bauchbinde, aber sie ist unglücklich, es kommt immer noch nichts in der Presse, außer im Hunde-journal. Adélaïde wird sie begleiten, um einen Scheck über 1.000 Euro an eine Einrichtung ihrer Wahl zu übergeben. Ein Tierheim bei Anglure. Im Auto werden sie ein Interview von Laure Adler hören. Ève wird ganz ruhig sagen: Ich weiß, wo sie ihre Sommerferien verbringt. Adélaïde wird an Christophe Hondelatte denken, an die Kriminalfälle in seiner Sendung *Führen Sie den Angeklagten herein*. Sie wird Ève vorschlagen, ihren nächsten Roman an einem exotischen Ort spielen zu lassen, weit weg, im Ausland, auf Recherchereise zu gehen, so bald wie möglich. Die Dogge wird bellen, Ève wird darin ein Zeichen sehen. So wird sie *Ein Waisenmädchen in Borneo* schreiben.

Steven Lemarchand wird zu seinem Alltag als Informatiker in einem kleinen Unternehmen zurückkehren. Fast hätte er für seine Schwimmbadszene den Prix de Chlore bekommen. Steven wird kein zweites Buch schreiben. Er wird es versuchen, aber etwas in ihm ist zerbrochen. Er wird keinen Spaß mehr daran finden, er wird jeden Satz abwägen, sich beurteilt fühlen. Steven wird nicht mehr schreiben und bis zu seinem Tod das Gefühl bewahren, sein Leben verpatzt zu haben. Adélaïde wird davon nichts erfahren. Sie wird nicht mehr an Steven denken, der November fegt ihn hinweg. Bald wird sie andere Profile zu vertreten haben. Die Frühjahrssaison ist deutlich weniger brutal.

Heute Abend schläft Adélaïde nicht, sie telefoniert mit Clo-tilde, die in Brüssel ist. Clotilde hat einen Durchhänger, das liegt am Hotel, das Zimmer ist winzig und grottenhässlich, es gibt keinen Fernseher, Clotilde langweilt sich und jammert. Adélaïde beruhigt sie. Clotilde sagt: Meine Pflegerin. Während Clotilde das sagt, denkt sie Heilerin. Adélaïde hört sie aus der Tiefe des Pferdestalls. Stellt sich Clotilde in ihrer engen Box vor. Sieht die Rennbahn vor sich, die bei jedem Buch auf sie wartet. Sie legen auf, sind erleichtert: Für dieses Jahr ist es vorbei.

Cavalier seule

Der 975er Bus setzt Adélaïde fast vor ihrer Haustür ab, wenn sie gegen 19.00 Uhr von der Arbeit kommt. Trotzdem ist der Fußweg immer eine Qual, Adélaïde hängt in der Luft, und das ist unerträglich. Sie geht zu niemandem, niemand erwartet sie. Bis zum nächsten Morgen ist sie allein. Oft hat sie das Gefühl, dass die Passanten durch sie hindurchgehen, dabei gibt es auf dem kurzen Stück kaum welche. Adélaïde könnte sich ein leckeres Abendessen machen, beim Gemüsehändler einkaufen, in den Käseladen gehen. Meistens überspringt sie die Mahlzeit und stopft sich ab zehn mit Chips voll.

Sie weiß nicht, wie sie die Zeit, die das Eheleben im Alltag geschluckt hat, kompensieren soll. Das abendliche Wiedersehen, der beste Moment, Zeit für das Debriefing, den Austausch. Manchmal spaltet sie sich, macht sich selbst Mut, fragt sich aus, führt Selbstgespräche, nennt sich *Meine Tochter*, immer öfter sagt sie *Meine Süße*. Sie betritt die Wohnung, hängt ihre Jacke auf, stellt die Schuhe ins Regal, dann fragt sie *Meine Süße, worauf hast du heute Lust?* Wenn sie sich nicht um sich sorgt, tut es niemand. Manchmal stellt sich Adélaïde zu der Frage Vladimirs Stimme vor.

Sie kann kein Bad nehmen, sich kaum bewegen. Also setzt sie sich an den einzigen Tisch und klappt den Laptop auf. Sie scrollt sich durch das Leben der Menschen in den sozialen Medien, schaut einen Film oder eine Serie, trauert um das fehlende Sofa. Sie hat keinen Fernseher, hört Radio nur am Morgen, wegen der Nachrichten. Abends hat sie Twitter. Sie hofft, dass die Nachricht eines fast Unbekannten aus dem Nichts auftaucht. Eines Mannes, den sie aus den Augen verloren, den sie vergessen hat oder dem sie aufgefallen ist, ohne es zu merken. Sie liest auch viel. Romane von längst Gestorbenen, um die Arbeit zu vergessen.

Adélaïde und ihre Freundinnen wohnen an allen vier Ecken von Paris, unter der Woche treffen sie sich nur selten. Aber sie kommunizieren jeden Abend. Hermeline per Telefon, Judith und Bérangère per SMS, Clotilde mit einem Anruf oder einer Mail. So unterstützt die kleine Truppe Adélaïde seit dem Beginn ihres Alleinseins. Schwesterlicher Halt, ein unverzichtbares Fundament. Sie hätte nicht gedacht, dass die Freundschaft eines Tages einen so maßgeblichen Platz in ihrem Leben einnehmen würde. Sie kennt ihre Mädels schon lange, aber früher standen sie nicht so geschlossen an ihrer Seite. Hin und wieder praktizierten sie magische Rituale, wie andere Musik machen oder Drogen nehmen, sonst trafen sie sich kaum. Ihre einzige Gemeinsamkeit war Adélaïde. Seit dem Beginn ihres Alleinseins trifft sich die kleine Gruppe jedes Wochenende. Ein Abendessen, ein Glas Wein, ein Brunch. Vertrauliche Gespräche und Erfahrungsaustausch, immer in derselben Brasserie Place du Châtelet.

Alle schlagen sich mit der Einsamkeit herum, so gut sie können. Bérangère füllt ihre Wochenenden mit Tinder-Dates. Sie weiß am besten, wie es läuft, sie hat reichlich Erfahrungen und Enttäuschungen hinter sich und sagt, was noch auf dem Markt ist, sind Mängelexemplare. Kein Mann gibt sich Mühe, alles Egoisten. Sie hat die Liebe zu Grabe getragen und sich von Aphrodite verabschiedet, sie widmet sich ihrer Arbeit, findet ihr emotionales Gleichgewicht mit ihrer Katze Xander und bastelt sich ein Sexualleben zusammen. Sie hat einen zweiundzwanzigjährigen Sohn, den sie regelmäßig sieht, das trägt zu ihrem Gleichgewicht bei. Bérangère ist nicht unglücklich, im Gegensatz zu Adélaïde. Sie begreift nicht einmal, warum Adélaïde Vladimir überhaupt braucht.

Clotilde legt alles in ihr Schreiben, um zu überleben. Ihre Finger eilen über die Tasten, sie packt die Zeit am Schlafittchen, sie hängt nicht in der Luft, diese Zeit gehört ihr. Sie leidet weniger als Adélaïde, jedes Manuskript ist ein Lebensgefährte. Zwar hatte sie in diesem Herbst noch weniger Presse als sonst, aber dafür macht sie viele Lesungen und Signierstunden in Buchhandlungen. Das Publikum ist nicht riesig, aber treu, das wertet sie auf. Clotilde gibt zu, dass ihr manchmal beim Applaus der Zuhörerinnen so heiß wird wie beim Sex.

Hermeline hat beschlossen, vorerst allein zu bleiben, alles ist ihr angenehm, die ständige Stille, das Fehlen von Stimuli. Das Abendessen ist ihr egal, eine Tütensuppe, und die Sache ist erledigt. Abends korrigiert sie Klassenarbeiten, sieht eine Serie oder bereitet ihren Unterricht vor. Sie malt auch sehr viel. Reproduktionen von Gemälden großer Meister *en miniature*.

Hermeline fühlt sich ausgeglichen, gibt aber zu, dass sie manchmal gern etwas teilen würde, wie im Sommer im Gebirge den Anblick des herrlichen Panoramas.

Judith hat einen Mann und einen neunjährigen Sohn, mit der ihr eigenen Offenheit sagt sie: Ich beneide euch, trotz allem, ich beneide euch, das könnt ihr euch nicht vorstellen. Judith steckt gerade in einer Ehekrise, François ödet sie an, so schlaff und initiativlos, er bräuchte einen Elektroschock, sie müsste einfach abhauen, aber das kann sie nicht, nein, das kann sie nicht, da ist ja das Kind. Judith hängt nicht in der Luft, ab 19.30 Uhr ist Familienzeit.

Judith sagt: Ich gehöre mir nicht mehr. Adélaïde antwortet: Ich gehöre niemandem. Clotilde hält dagegen: Eigentum ist Diebstahl. Hermeline bestellt noch ein Bier. Bérangère lächelt den Kellner an. Der November endet in Erstarrung. Der Dezember brandet heran, bringt noch mehr ins Wanken. Die Sterne stehen offenbar schlecht.

Bérangère hat sich in ihrer Bankfiliale in einen Kunden verliebt und ist binnen zwei Wochen die Geliebte eines verheirateten Mannes geworden. Hermeline rührt ihr Bier nicht an, sagt eindringlich: Denk an seine Frau, sie spricht von Schwesterlichkeit und geht. Judith interviewt einen Sänger und denkt zum ersten Mal seit dreizehn Jahren daran, ihren Mann zu betrügen. Clotilde rät ihr ab, Judith ist eine schlechte Lügnerin, sie würde nicht nur ihre Beziehung gefährden, sondern ihre Familie. Judith regt sich auf: Ich ertrage die Familie nicht mehr. Clotilde ruft: Du hättest doch kein Kind kriegen müssen. Judith bricht in Tränen aus und ruft ein Taxi. Die Stimmung ist hin, Bérangère geht lieber nach Hause.

Adélaïde sitzt vor ihrem Gin Tonic und zögert mit der Frage, ob Clotilde weiß, was gerade in der Verlagswelt los ist. Der Dezember verschluckt alles, die Verlagsgruppe, zu der David Séchard gehört, wurde auch gerade geschluckt. Die neuen Aktionäre haben sich die Zahlen angesehen, sie wollen die Ausrichtung des Programms und die Verlagsstrategie neu bewerten. Courtels Stuhl wackelt, die Mitarbeiter wanken, Adélaïde sieht schwarz. Clotilde sagt: Weißt du was? Ich sitze an einem neuen Buch, ich habe die richtige Form gefunden, ich habe schon angefangen. Also schweigt Adélaïde. Sie behält ihre Ängste für sich, kann sie nicht teilen, manchmal gleicht das Ausmaß ihrer Angst einem Bergpanorama.

Adélaïde ruft jeden Abend Hermeline an, die gut darauf verzichten könnte. Ihr ist klar, dass die Leere mit irgendwas gefüllt werden muss, auch mit schlechten Dingen. Adélaïde, Zwangsneurotikerin, spürt es, Adélaïde weiß es. Im Verlag kann sie Ernest Block nicht mehr ertragen. Er sagt nie *Man müsste*, nur *Ich erwarte*. Ich erwarte den Artikel, ich erwarte die Titelseite, ich erwarte Interviews. Er sagt weder *gut gemacht* noch *danke* oder *toll*. Er verlangt stets mehr, ist nie zufrieden. Er war immer so, aber früher gab es Élias, Élias, der ihr zuhörte, Élias, der beschwichtigte, Élias, der sie verstand. Er beruhigte sie, und am nächsten Morgen konnte sie diesem schrecklichen Block wieder ohne Mordgedanken entgegentreten. Adélaïde hat oft eine Büroklammer in der Hand, die zur Waffe wird und sich in seine Halsschlagader oder in die

Augen bohrt. Abends stellt sie sich vor, wie sie ihn langsam erwürgt. Dabei spürt sie ein Kribbeln im Bauch.

Der Dezember drängt sich überall rein, wegen Straßenarbeiten setzt der 975er Adélaïde auf der anderen Seite des Boulevards ab, wenn sie gegen 19.00 Uhr von der Arbeit kommt. Die Kälte macht alles noch mühsamer, und jetzt trifft sie auf dem Heimweg mehr Leute. Leute, für die Weihnachten naht. Ihr Herz schmerzt, sie sagt sich: Denk nicht daran, bitte, denk nicht daran! Adélaïde ist mutig, sie kämpft gegen das Gefühl an, in der Luft zu hängen. Sie macht, wozu sie Lust hat, isst in einem vortrefflichen Thai-Restaurant, geht ins Kino, beendet den Abend auf einer beheizten Terrasse mit einem Gin Tonic. Sie weiß, dass niemand sie sieht, niemand sie anschaut, und sie nutzt es aus. Sie fühlt sich wie ein Geist, sie denkt an Bruce Willis in *Der sechste Sinn*, sie sagt sich, vielleicht bin ich tot, seit wann, fragt sie sich und entscheidet sich für einen Verkehrsunfall. An jenem Abend hatten ihre Eltern sie mit zu dem Fest genommen, an jenem Abend war sie mit den Eltern im Auto. Manchmal denkt man, sie wäre allein, aber beim Abendessen sitzt Vladimir ihr gegenüber.

Dies ist die Geschichte eines Trauerblümchens vor einem Spiegel. Die Geschichte einer Einsamkeit, die sich zweisam macht, um zu überleben. Durch Adélaïde Berthel geht ein Riss wie durch viele andere, aber ein sehr langer und tiefer als der San-Andreas-Graben.

Ce soir c'est Noël

Adélaïde liebt Weihnachten, aber leider ist sie Waise. Sie hat keinen Partner mehr, keine Familie, niemanden, mit dem sie den Truthahn teilen und danach Geschenke auspacken kann. Sie läuft durch die Straßen und denkt: Mein Herz ist ein vertrockneter Tannenbaum. Adélaïde liebt Weihnachten, sie hat wunderbare Feste erlebt, mit ihren Ex-Männern und deren Familie. Nur nicht mit Élias, der hatte nur noch seine Tochter und hasste alle Feste. Adélaïde hätte das in diesem Jahr gern nachgeholt, mit einer von Köstlichkeiten überladenen Tafel und vollgestopften Socken vor dem Kamin. Zum ersten Mal im Leben hat sie niemanden, um sich dranzuhängen. Für ihre Freundinnen ist Weihnachten ein Frondienst, aber alle sitzen behaglich bei ihren Familien. Heute ist der 23. Dezember, Adélaïde ist allein und läuft durch Paris, um so zu tun, als würde sie leben.

Natürlich schneit es nicht. Es ist schrecklich mild und der Himmel ist klebrig. Die Passanten beeilen sich, um alle Einkäufe zu erledigen. Eine Frau sagt in ihr Telefon: Jetzt fehlt mir nur noch Mama. Adélaïde folgt ihr, Pullover oder Parfum, sie wettet gegen sich selbst, die Unbekannte kauft eine Kerze, dann verliert sie sich in der Menge. Adélaïde fragt sich, was sie ihrer Mutter schenken würde, wenn sie noch am Leben wäre, Pullover oder Parfum, Buch oder Kerze. Würde sie sich Gedanken machen oder wäre sie aus der Not heraus nachlässig, ein Last-Minute-Geschenk, jetzt fehlt mir nur noch Mama. Natürlich denkt Adélaïde bei jedem Weihnachten an ihre Eltern, ihre Großmutter, bei der sie aufgewachsen ist, ihre Kindheit, die durch einen Verkehrsunfall abrupt beendet wurde. Aber in diesem Jahr ist es anders. In diesem Jahr hat sie nur ihre Toten, an die sie denken kann, nur ihre Toten, mit denen sie Weihnachten feiern kann, und niemand macht ihr Geschenke.

Adélaïde hat Urlaub, eine Woche lang wird es für sie keine menschlichen Interaktionen geben. Kein Wort, kein Lächeln, kein Gespräch. Außer mit den Verkäuferinnen. Sie spürt, wie Madame Depression auf leisen Sohlen naht. Seit Monaten hört sie sie an ihrer Tür scharren, das Schloss wird nachgeben, es ist nur noch die Frage des Tages und der Uhrzeit. Adélaïde läuft immer weiter. Sie ist verzweifelt und ruft nach Vladimir. Er nimmt ihren Arm und fragt sogleich: Meine Süße, sag mir, wozu du Lust hast.

Adélaïde will nicht mehr allein sein, sie hat es sich gründlich überlegt, sie wird sich wieder ein Haustier zulegen. Xanax, ihr reizender Siamkater, ist vor zwei Jahren gestorben, sie hat Zeit gebraucht, um sich davon zu erholen, fünfzehn Lebensjahre hatten sie geteilt. Der Kummer, den ihr sein Tod bereitet hat, lässt sich nicht beschreiben. Es war, als hätte ihr jemand ein großes Stück Fleisch aus dem Herzen geschnitten, ihre Seele durchbohrt, die Kehle durchgebissen. Sie spürt den

Schmerz von Xanax' Tod bis heute, aber sie muss nicht mehr weinen. Er ist in ihren Armen gestorben, hatte vor Angst Schluckauf, dann wurden seine Augen glasig. Adélaïde wusste nicht, was sie mit seinem Körper anfangen, wo sie ihn beisetzen, wo sie ihn aufbewahren, wen sie anrufen sollte, um ihn einzuäschern, es war abends um halb zehn, Élias hat ihn in einen großen Sack gesteckt und in die Mülltonne geworfen. Ihr kleiner toter Kater in der Mülltonne, so hat es geendet. Adélaïde fragt sich immer noch, ob sie sich gewünscht hätte, dass Élias den Kadaver in den Kühlschrank legt oder einen Tierpräparator anruft. Oder dass sie die sterblichen Überreste einäschern lassen. Aber was hätte sie mit der Urne anstellen sollen? Sie hätte den Leichnam aufheben, einen Antrag stellen, ihn auf einem Tierfriedhof bestatten können. Adélaïde geht nie zum Grab ihrer Eltern, sie weiß nicht, was sie da soll. Ihr kleiner Kater ist tot, das ist hart, aber so ist es halt, Schluss, aus.

Adélaïde hat sich entschieden, ja, sie wird sich wieder ein Haustier zulegen. Natürlich eine Katze, eine Siamkatze. Keine orientalische, zu knochig. Sie will eine Thaikatze. Wie der verstorbene Xanax, mit großen blauen Augen, vom Wesen fast wie ein Hund. Bei Katzen hat Adélaïde eine klarere und deutlichere Vorstellung als bei Männern, abgesehen von Vladimir. Sie macht eine Pause in einem Café, heiße Schokolade auf einer geheizten Terrasse, dieser Tag kann wichtig werden, sie spricht mit Vladimir darüber. Sie informiert sich per Smartphone. In den Kleinanzeigen gibt es wenige Siamkatzen und nur weit draußen in einem Vorort. Xanax hat sie damals in einem Tiergeschäft gekauft, das im Gegensatz zu den Nachbarläden nicht aus hygienischen Gründen geschlossen wurde. Sie überlegt sich, dass sie diesmal gern ein Weibchen hätte. Sie möchte jeder Vergleichsmöglichkeit aus dem Weg gehen. Vladimir ist einverstanden, er rät ihr anzurufen. Ihre Hände zittern, sie fragt, es gibt drei Siamkatzen, einen Kater, zwei Weibchen. Adélaïde lächelt und eilt zur Metro.

Während der ganzen Fahrt überlegt sie, wie sie ihre Gefährtin für die zweite Lebenshälfte nennen wird. Sie hat schon Namen aufgelistet, mit P fallen ihr Petronilla, Parrhesia und Pleuritis ein, Prozac ist zu gewöhnlich, Prudence, Phoebe und Paige zu belastet. Sie wird Perdition heißen, die Entscheidung kommt ganz von selbst. Adélaïdes Herz rast, das hat sie seit einer Ewigkeit nicht mehr erlebt. Ihr ist ganz heiß vor Freude, als sie zur Pont Neuf kommt. Sie geht zum Tierladen, lässt Vladimir einfach stehen, in Gedanken wiederholt sie: Ich komme, ich hole dich, meine kleine Perdition.

In ihrer Glasbox hat sich Perdition zwischen den anderen Kätzchen aufgerichtet. Adélaïde betritt das Geschäft, fragt, wo die Siamkatzen sind, erkennt Perdition sofort. Sie ist vier Monate alt, hat einen ungarischen Pass und schnurrt auf Adélaïdes Arm so laut, dass es wie eine Herzmassage wirkt. Wenn Élias erfährt, dass die Katze einen Monatslohn gekostet hat, wird er ausrasten. Adélaïde wird glücklich sein. Sie wird sich beglückwünschen, Élias verlassen zu haben, weil diese Begegnung sonst nie stattgefunden hätte.

Am Weihnachtsabend steht Adélaïde kurz vor zehn an der Pont de l'Alma und hofft, dass so etwas passiert wie in dem

Lied von Barbara. Niemand sagt: Frohe Weihnachten, also geht sie nach Hause und spielt mit dem Kätzchen. Unterwegs läuft sie an den Häuserblocks vorbei, überall erleuchtete Fenster, dahinter ahnt sie Menschen, die an großen Tischen sitzen, ihr Herz verkrampft sich. Sie möchte eine Zigarette rauchen, der Wind bläst ihr Feuerzeug aus, sie fühlt sich wie das *Mädchen mit den Schwefelhölzern*, traut sich nicht, einen einzigen Wunsch auszusprechen. In der leeren Metro sind zwei Paare und ein junges Mädchen. In ihren Taschen Geschenke. Adélaïde fühlt sich heute Abend wirklich sehr allein. Sie begreift, dass genau das sie fortan erwartet, ausgeschlossen zu sein von gesellschaftlichen Ritualen, sie hat keine Familie, hat keine Familie gegründet, sie wird nicht erwartet, ist nur mit der Leere verbunden, und die Verzweiflung zerfrisst ihr die Eingeweide. Sie fleht die Göttinnen an, sie nicht aufzugeben. Sie hat sich entschieden, Élias zu verlassen, Élias, den die Göttinnen ihr geschickt hatten. Vielleicht ist Aphrodite ja sauer, weil sie nach neun Jahren genug von ihm hatte. Adélaïde hatte sich vorgestellt, umgehend in den Armen eines anderen zu landen, sie denkt, sechs Monate, es sind sechs Monate, dass man sie nicht begehrt hat, die Zahl ist im Grunde winzig, lächerlich. Adélaïde ärgert sich über ihre fehlende emotionale Autonomie. Sie krault Perdition, erfreut sich kurz an ihr, tröstet sich mit dem Gedanken: Diese Katze ist mein Geschenk. Das Zölibat wird weiter auf ihr lasten, aber nicht mehr die Einsamkeit. In der winzigen Wohnung gibt es etwas Lebendiges neben ihr, das verändert die Atmosphäre, es hängt sich an die Gardinen, stößt hier und da wacklige Schuhpyramiden um. Sie schläft ein, Perdition schnurrt an ihrer Wange.

Den 25. verbringt Adélaïde am Telefon. Judith ist bei ihrer Schwiegerfamilie in Savoyen, mitten in der Pampa. Fünfzehn Verwandte oder mehr, sie dreht bald durch. Ihre neunjährige Tochter hat fünf Barbies bekommen, sie selbst ein Nageletui. Beim Weihnachtskuchen haben sie über das Kopftuch gesprochen, sie hat sich aufgeregt und die Mutter von François hat gesagt: Erklär das mal den Iranerinnen. Hermeline hat Heiligabend in den Alpen mit ihren betrunkenen Eltern und ihrer Großmutter Jacqueline verbracht, die langsam den Verstand verliert, ihr Onkel hat gefragt, ob sie jetzt heiraten wolle, wo es solchen wie ihr erlaubt sei. Bérangère hat bei ihren Eltern zum ersten Mal die Freundin ihres Sohnes getroffen, eine Unternehmerin, sehr stolz auf ihr Start-up, mit dem sie viel Geld machen will. Sie dachte, Bérangère sei mit ihrer Bankkarriere einer Berufung gefolgt, aber da wurde sie enttäuscht. Jetzt sehen die Freundin und Bérangères Sohn sie schräg an, als hätte sie ihr Leben total verpfuscht. Clotilde schreibt ein Buch, für sie ist es ein Segen, ohne Familie, total isoliert zu sein. Sie genießt es, dass Paris leer ist und sich in Zeitlupe bewegt. Ihre Nachbarn haben fast täglich Sex, das zieht sie immer runter, aber jetzt sind sie verreist. Keine von den vieren hat am 31. Zeit für Adélaïde.

Silvester wird hart, trotz Perdition. In den letzten Jahren hat sie mit Élias immer zu Hause gesessen, ganz unfestlich. Ihr Frust war gewaltig, Adélaïde hat etwas nachzuholen. Leider hat sie nur wenig Einladungen erhalten, die sich abzeichnenden Möglichkeiten sind eher öde. Per Mail und SMS, ein großes veganes Essen, ein Abend ohne Schuhe und ohne Zigaretten, ein Konzert in einem besetzten Haus irgendwo in

Sartrouville. Sie isst Entenleberpastete mit Trüffeln vor ihrem Laptop, schaut sich eine Serie an, mit dem Kätzchen auf dem Schoß, Perdition ist voller Krümel und hat nasse Ohren.

Adélaïde nimmt die Trauer an, empfängt sie und kostet sie aus. Sie sagt sich: Im Herzen erfinde ich mir Vladimir, das ist schon mal nicht schlecht, vielleicht reicht es auch. In der ersten Nacht des neuen Jahres wird sie träumen, dass sie allein ist und an einem Felsrand entlanggeht. Dass Perdition auftaucht und sie fast hinabstürzt. In der ersten Nacht im neuen Jahr wird sie mit Perdition auf dem Arm vom Felsen springen, ein Lächeln auf den Lippen, Erleichterung im Herzen. Wenn sie aufwacht, wird sie natürlich alles vergessen haben.

Pan, pan, pan, poireaux pommes de terre

Um das neue Jahr mit neuem Schwung anzufangen, setzt Adélaïde auf ihre guten Vorsätze. Sie will keinen Sport machen, auch nicht Veganerin werden, nur ein bisschen mehr zu Fuß gehen und vor allem Bio essen. Darauf ist sie gekommen, weil sie schlecht aussieht, so schlecht, dass es an der Ernährung liegen muss. Sie trinkt viel Cola ohne Zucker, ist schon bei drei Pizzas pro Woche, hat den Geschmack von rohen Äpfeln vergessen. Deshalb besinnt sie sich auf die Ratschläge von Bérangère, die sich von frischem Gemüse aus regionalem Anbau ernährt. Und so betritt sie heute zum allerersten Mal den Tempel der Quinoahändler.

Das Geschäft ist schlicht, bietet aber eine große Auswahl, eigentlich ist es ein kleiner Supermarkt, und Adélaïde ist sehr beeindruckt. Zwischen all den Produkten, die sie nicht kennt, fühlt sie sich wie eine Touristin. Die Leute haben alle ihre eigene Tragetasche mitgebracht, Adélaïde hat keinen Beutel, hier gibt es keine Plastikkörbe, sie wagt nicht zu fragen und gerät in Panik, so feindselig und absolut fremd kommt ihr alles vor. Die Dreadlocks des Kassierers schwingen geräuschlos hin und her. Es gibt kein Radio, keine Musik. Der Einkaufswagen einer Frau quietscht, Adélaïde zögert, ist sie

Kunstdozentin oder Schauspielerin? Adélaïde beobachtet sie, Linsenmehl und Sojakekse liefern keinen Hinweis. Das quietschende Rad entfernt sich, sie entschlüsselt die Fertiggericht-Abteilung. Sie fragt sich, ob Dinkel wie Gerste schmeckt und ob sie diesen Brei hinunterbekommt. Die hölzernen Zahnbürsten starren sie herausfordernd an, sie stellt sich Splitter vor, die sich in ihr Zahnfleisch bohren, und schüttelt sich wie beim Kratzen eines Fingernagels auf einer Schultafel.

Sie ist noch keine fünf Minuten in dem Geschäft, aber sie möchte am liebsten sterben. Sie versucht zu begreifen, was mit ihr nicht stimmt, es muss an ihr liegen, so viel ist klar. Diese Leute verkörpern die Vernunft, das Wohlbehagen, sie respektieren ihren Körper, sie schützen ihn und schützen die Natur. Bérangère hat gesagt, dass der Laden genau der richtige ist, sie hat ihr Beeren und Körner empfohlen, die Marke einer Hefe genannt. Adélaïde stößt sich an den Auslagen und taumelt durch die Sonderangebote von Bulgur und Rübensaft. Das Gemüse ist voller Erde, der Salat welk. Die Nudeln haben eine seltsame Farbe, die Kräutertees groteske Namen, gleich fängt sie an zu heulen.

Sie würde so gern in die Haut all der Frauen um sie herum schlüpfen, die ihre Beutel ohne Zögern mit *faux gras* und Seidentofu füllen. Sie weiß, dass der Geschmack von *faux gras* nichts mit Gänseleberpastete zu tun hat, das Zeug schmeckt nach Pappe, sie hat aus Versehen mal davon gekostet. Zitternd greift sie nach einem Fläschchen Mizellarwasser, dann tut sie so, als suchte sie etwas. Etwas Bestimmtes, sie runzelt die Stirn. Sie stößt gegen einen Mann, der Porree auswählt.

Um die vierzig, warmer Wollmantel, zinnoberroter Schal. Die Nase nicht sehr groß, aber ausreichend, um sie an Vladimir zu erinnern.

Adélaïde fällt ein, dass sich ein Prozent der Paare beim Einkaufen kennenlernt. Da sie zum ersten Mal in diesem Laden ist, muss sie ihr Anfängerglück nutzen. Sie denkt sich, dass es eine lustige Geschichte wäre, ich habe Richard kennengelernt, er hat Porree und Paprika gekauft. Sie hat Lust, ihn Richard zu nennen, er hat etwas von einem Richard oder Édouard oder Jean-Irgendwas. Wegen des roten Schals, das ist Kaschmir, Qualitätsware, wahrscheinlich dreifädig. Adélaïde sucht drei, vier Kartoffeln aus, steckt sie in eine Papiertüte. Richard wählt ein grünes Gemüse, das Adélaïde nicht kennt, und ein Stück Kürbis. Sie fragt sich, wie ein Leben aussieht, in dem man sich von Porree und Kürbisstücken ernährt. Ob sie imstande ist, von Porreegerüchen umwabert Lust zu empfinden.

Richard geht jetzt zu den Selbstbedienungsmaschinen für Trockenfrüchte und diverse Nüsse. Er dreht mit einer kräftigen Bewegung den Handgriff, füllt ein Papiertütchen. Cashewnüsse mit Tamarinde. Adélaïde starrt auf das große Glas mit braunen Nüssen, wie schmeckt wohl Tamarinde. Sie überlegt, ob sie Richard danach fragen soll. Das hier ist ein Bio-Supermarkt, sie würde wie ein Trottel dastehen, sie kann doch nicht sagen: Ich hätte gern eine Einführung. Sie drängt sich kurz an Richard heran, vor den Paranüssen, das Kilo ein Vermögen. Richard ist reichlich parfümiert, sie kennt den Duft nicht, jedenfalls kein Guerlain. Sie macht es ihm nach, dreht am Handgriff, natürlich verklemmt er sich und die unbezahlbaren Nüsse ergießen sich über den Linoleumboden. Sogleich erscheint ein Verkäufer in einem ausgeleierten Pullover, der nur mühsam seinen Zorn zurückhält. Adélaïde stammelt eine Entschuldigung, Richard beobachtet sie amüsiert. Er hat außerordentlich feine Züge, sie erwidert sein Lächeln.

Es gibt viel Ziegenkäse und gewürzten Tofu, davon hält sich Adélaïde lieber fern, Richard begutachtet die Schokolade mit Mandelmilch, dann geht er noch mal in die Gemüseabteilung und vergleicht die Gurken miteinander. Sitophilie, aus dem Griechischen *sitos* für Getreide und *philia*, Liebe zu, bezeichnet sexuelle Handlungen mit Lebensmitteln. Adélaïde denkt über das Wort nach, Sitophilie, sie fragt sich, wie es entstanden ist. Als hätten die alten Griechen ständig mit Weizensäcken masturbiert. Sie fragt sich, wie Richard masturbiert, er hat sich die größte Gurke ausgesucht und verschwindet hinter dem Regal mit glutenfreien Produkten.

Adélaïde lässt sich von einem grünen Detox-Tee und essenziellen Ölen verlocken, ihre Arme sind übervoll, das Kinn dient zum Halt, sie hat nach den Kartoffeln, den Paranüssen und dem Mizellarwasser noch Hafermilch und ein Landbrot genommen. Sie wartet, dass Richard zur Kasse geht, um sich hinter ihn zu stellen. Sie mag sein Parfum, findet es raffiniert. Es passt zu den Bewegungen, mit denen er die Artikel auf das Band legt. Sie stellt sich eine Fortsetzung vor dem Laden vor, die zerreißende Papiertüte, eine wegrollende Paprika. Ich habe Richard kennengelernt, dem sein Porree runtergefallen war. Sie stellt sich vor, dass er auf der geheizten Caféterrasse an der Ecke einen Kaffee trinkt, sie eine Cola Light, weil sie keinen Kaffee mag. Dann werden sie ihre Rezepte für Kürbissuppe austauschen. Werden über aussterbende Tierarten sprechen und den Kellner darauf hinweisen, dass Plastikhalme verboten sind. Sie werden Telefonnummern austauschen und sich vierundzwanzig Stunden lang immer intimere Nachrichten schicken. Sie werden eher bei ihm miteinander schlafen, Parkett und Kingsize-Bett. Am nächsten Morgen wird er ihr sicher Rührei anbieten.

Vor dem Kassierer mit den Dreadlocks packt Richard die frischen Eier, die Sojasteaks, die Mandelmilchschokolade, den Tofu, die Cashewnüsse, den Käse, die Gurke, das Stück Kürbis und das seltsame grüne Gemüse ein. Er lässt wirklich die drei Porreestangen fallen. Natürlich denkt Adélaïde sofort: Das Schicksal will es so, sie bückt sich eilig, hebt die Stangen auf und reicht sie ihm. Noch nie ruhte so viel Hoffnung auf Suppengemüse. Ihr Blick umschmeichelt seinen, ihre Lippen öffnen sich leicht, ihr bleibt der Atem stehen. Richard sagt: Vielen Dank. Und plötzlich, in drei warmherzig ausgesprochenen Silben, stürzen all ihre Fantasien zusammen wie Festungsmauern. Nicht raffiniert, sondern affektiert! Richard ist schwul, kein Zweifel. Adélaïde ist am Boden zerstört, sie lässt ihre Sachen auf das Band fallen. Richard verabschiedet sich mit weicher Stimme von dem Kassierer und verschwindet im Regen. Adélaïde grübelt, warum sie nichts gemerkt hat, der Gang, die Bewegungen. Deshalb erbleicht sie auch nicht, als sie die Rechnungssumme sieht.

Adélaïde wird den Regen abkriegen, ihre Papiertüte wird durchnässt sein. Sie wird ihre Kartoffeln lange putzen müssen, bevor sie sie kocht, um ein Püree zu machen. Der Tee wird adstringierend sein, die Hafermilch absolut ungenießbar, das Landbrot wie Gummi, die Paranüsse eine Enttäuschung. Das Mizellarwasser wird ihren Eyeliner heute Abend nicht besiegen, und sie hat sich in den essenziellen Ölen geirrt, diese hier sind nicht dynamisierend. Adélaïde ist frustriert und vor allem sehr beunruhigt über die Heftigkeit ihrer Entzugserscheinungen, die sogar ihren Schwulendetektor lahmgelegt haben.

Sie wird mit Hermeline darüber sprechen, die eine Funktionsstörung diagnostiziert. Am nächsten Tag wird sie ganz allein in ein Restaurant gehen und ein Rindersteak mit Pommes frites und einer Extraportion Sauce béarnaise bestellen. Sie wird Bérangère nichts davon erzählen, wenn sie ihr am Samstagabend einen Besuch abstattet. Dann wird es Salat mit Ziegenkäse, gebratene Auberginen und eine Porreetarte geben.

On va tous crever

Der Januar wütet in der Salle Rubempré, und alle stehen unter Schock. Die Hände von Mathieu Courtel liegen reglos auf dem Tisch, Adélaïde stellt fest, dass er mit Lexotanil vollgestopft ist. Der Verlag David Séchard gehört dem Konzern Book & Press, und der wurde soeben von Multiplus aufgekauft. Gestern hat Courtel die neuen Aktionäre kennengelernt. Auch mit dem Goncourt hätte er seinen Kopf nicht retten können. David Séchard steckt tief in den roten Zahlen, Book & Press hatte das bislang wegen des Images hingenommen. Courtel sagt: Es ist aus, fügt hinzu, dass er gefeuert ist, dass sich die Ausrichtung des Verlags ändern wird. Er steht auf und stößt sich, wegen des Lexotanil. Ernest Block fragt, wer den Verlag leiten wird. Die Tür geht auf, ein Mann betritt den Raum und stellt sich vor: Charles Chaloir. Mathieu Courtel geht, Charles Chaloir kommt. Der sagt nicht Guten Tag, sondern: Wir brauchen Veränderung.

Er ist groß, trocken, kalt. Bis auf die Krimis und Blocks Bücher machen allesamt Verluste. So kann es nicht weitergehen. Guillaume Grangois wird geradewegs die Tür gewiesen. Er verlässt den Raum, während die Stille noch dichter wird. Ali Gosham und Paul Sévrin sollen zur Unterhaltungsliteratur und den Ratgebern wechseln, Block wird sich allein um die Literatur kümmern. Charles Chaloir verkündet: Ich komme nicht mit leeren Händen. Er verspricht die Autobiografien eines Realitystars, eines Entertainers, der seine Karriere beim 1974 eingestellten ORTF begonnen hat, und einer Schauspielerin, die Waise ist und in einer Serie bei TF1 die Hauptrolle spielt. Er überreicht Block zwei Pakete mit Manuskripten, streng vertraulich. Er sagt zu ihm: Kommen Sie morgen in mein Büro. Ernest Block nickt, er fühlt sich wichtig, seine Mundwinkel zucken herablassend, was niemandem entgeht, bis auf Adélaïde, die sich in einem seltsamen Zustand befindet, seit Charles den Raum betreten hat, die geradezu neben sich steht.

Charles Chaloir wendet sich an die Pressedamen: Unsere Bücher müssen Events sein, die es in die 20-Uhr-Nachrichten schaffen. Die Damen fragen sich, ob sie gerade träumen, der Nacken der Leiterin wird ganz steif, alle zittern vor Entsetzen, bis auf Adélaïde, die nicht hört, was Charles sagt, die beobachtet, wie seine Lippen die Silben formen, deren Pupillen sich weiten, jetzt lächelt sie sogar. Adélaïde findet Charles schick, er hat Vladimirs Nase. Seit der Begegnung mit Élias hat sie sich nicht mehr so zu einem Mann hingezogen gefühlt, und das ist neun Jahre her. In ihrem Bauch kribbelt es. Adélaïdes Kopf ist das vom Feind besetzte Frankreich, sie hört die Stimme von Radio London: *The carrots are cooked*, morgen wirst du geschoren. Vergeblich will Adélaïdes Herz ihn umstimmen, besänftigen, was von ihrem Verstand übrig geblieben ist: Er ist wirklich sexy, stell ihn dir im Bett vor, doch ihr Verstand sagt Nein. Adélaïdes Herz salbt sich mit Verzicht.

In der Salle Rubempré packt sie ihre Sachen zusammen, Charles Chaloir ist schon weg, die Lektoren auch, sogar ihre Kolleginnen. Sie nimmt die Dossiers der Bücher mit, um die sie sich kümmern soll. Seit Langem vorgesehene Titel: *Papa mag keine Chrysanthemen*, ein unkonventionelles Buch über Trauer, der sozialkritische Roman *Es war einmal eine Kassiererin* und *Verbotene Packung*, eine beängstigende Dystopie über eine Welt ohne Pille. Und andere, die ihr Charles Chaloir aufs Auge gedrückt hat. Sie sitzt an ihrem Schreibtisch und hört die Kolleginnen im Großraumbüro jammern. Sie blättert, stellt fest, dass sie für eine neue illustrierte Buchreihe verantwortlich ist: »Die Schätze Frankreichs«. Das erste Opus erscheint schon im März: *Geschichte(n) unseres Käses*. Adélaïde liest den Titel ungefähr dreißig Mal, dann blickt sie sich um, ob irgendwo eine Kamera versteckt ist. Ihre Chefin hat angefangen zu weinen. Die altgedienten Autoren werden den Verlag allesamt verlassen, die Mails strömen nur so herein. Jetzt ist Schluss mit den ehemaligen Goncourt-Preisträgern, den Médicis-Nominierten, sie muss sich um einen Fußballer und eine frühere Ministerin von Nicolas Sarkozy kümmern. Rüsselviper bekommt auch eine neue Buchreihe verpasst: »Resilienz«. *Herzzerreißende Berichte von Überlebenden* steht groß auf dem Cover. Ein hysterisches Grinsen verzerrt ihren Mund, Eliteschule, Masterstudium, Ambitionen, alles geht den Bach runter. Sie tut einem fast leid. Es fehlt nicht viel, und Adélaïde würde sie Anne-Marie nennen.

Adélaïde verrät Clotilde an diesem Abend nicht, dass Chaloirs Körper sie beeindruckt hat. Sie sagt auch nicht, dass sie sich seitdem vor sich selbst schämt. Sie hat den Ehering an seinem Finger gesehen. Sie sagt sich, dass seine Frau ihn vielleicht »Chacha« nennt und dass die beiden mit Pullis um die Schultern zum Tennis gehen. Sie sagt sich, dass seine Frau stolz auf ihren Mann ist, ein Killer, voller Ideen, der sich Projekte wie *Geschichte(n) unseres Käses* ausdenkt. Adélaïde achtet nicht auf Clotilde, die fast zusammenklappt, Clotilde, die jetzt ohne Verleger dasteht. Für Clotilde sind 6.000 verkaufte Bücher ein Erfolg. Sie weiß, dass sie bei den großen Häusern keine Chance mehr hat, nicht genug Presse, nicht das nötige Standing, nicht ansatzweise einen Hebel für Verhandlungen. Ihre einzige Lösung ist ein kleiner Verlag, wie früher, ganz am Anfang. Natürlich sind die von früher inzwischen pleite. Clotilde denkt an einen unabhängigen Verlag, den sie schätzt, Humpty Dumpty. Adélaïde findet die Idee gut, gibt sich überzeugt, dass er sie mit Kusshand nehmen wird. Humpty Dumpty wird von einem geheimnisvollen Paar geführt, das sie nur vom Hörensagen kennt. Aber ihr Programm ist anspruchsvoll. Und bei ihnen sind schon 5.000 Bücher ein Erfolg.

In der Salle Rubempré zehrt der Januar an den Nerven, und der Ton von Charles Chaloir ist unerträglich. Adélaïde frohlockt nicht, als er der armen Anne-Marie die Leviten liest. Es ist nicht ihre Schuld, wenn sich ihr Autor weigert, Interviews zu geben, sein Buch heißt *Schweigen*, ein autobiografischer Text, der das Verstummen als Akt des Widerstandes gegen eine entfesselte Welt empfiehlt, Chaloir weiß es genau, es steht hinten auf dem Cover. Adélaïde verschlägt es den Atem, sobald Charles das Wort an sie richtet, sie stellt sich seine Zunge in der Möse seiner Frau vor, wenn sie vom Tennis kommen. Sie sieht den knochigen Zeigefinger, den er aufrichtet, sieht alle Finger in die Möse seiner Frau eintauchen, das Daunenbett ist weich, Laura Ashley. Adélaïde weiß nicht, was sie mit diesen Bildern machen soll. Manchmal ist sie kurz davor, beim Masturbieren das Bild von Charles' Körper heraufzubeschwören, der dem von Vladimir sehr ähnlich ist. Dann drängt sich das Cover von *Geschichte(n) unseres Käses* auf, und mit der Erregung ist es vorbei.

Der Winter geht mit dem Untergang einher, die ganze Presseabteilung schluckt Lexotanil, Paul Sévrin ist krankgeschrieben. Jeden Abend schüttet Adélaïde Perdition ihr Herz aus. Sie ist fertig mit Männerkörpern, auch mit denen von Charles Chaloir und Vladimir. Im Bett liest sie einmal mehr in Valerie Solanas' SCUM Manifest: »Sex ist nicht Teil einer Beziehung: Ganz im Gegenteil, er ist eine einsame Erfahrung, unkreativ, eine riesige Zeitverschwendung. Für jede Frau ist es ein Leichtes – viel leichter, als sie denken mag –, ihren Sexualtrieb wegzukonditionieren, was dazu führt, dass sie völlig cool, intellektuell und unbehindert wirklich wertvolle Beziehungen eingeht und Aktivitäten verfolgt.« Adélaïde wiederholt wie ein Mantra »Sex ist das Asyl der Bewusstlosen« und versucht sich einzureden, dass alleinstehend zu sein ein großes Glück ist. Der Text gibt ihr Kraft und Macht. Aber sie fängt auch an, sich zu langweilen.

Der Februar lässt die Fensterscheiben ebenso vereisen wie ihre Seele. Adélaïde sagt sich: Die Zeit ist wie erstarrt. Ein Tag gleicht dem anderen, jeder mit seinem Maß an Demütigungen. Chaloir verlangt Medienberichte wie Kleider aus Sonnenstrahlen, vergleicht ihr *Standing* in jeder Zeitung, auf jedem Kanal, in jeder Zeitschrift mit dem der anderen Verlage. Er sagt, jetzt wird Klartext geredet, er spricht von Personalkürzungen, von Inkompetenz. Manchmal denkt Adélaïde: Weg hier, Kündigung. Dann denkt sie: Miete, Lebenshaltungskosten, allein auf der Welt.

Adélaïde langweilt sich, nichts motiviert sie. Höchstens Perdition, was wiederum Judith beunruhigt. Judith hat ein Kind, aber sie hat keine Katze. Sie kann das nicht verstehen, meint Hermeline. Hermeline hat zwei Katzen, Clotilde hätte gern eine Siamkatze. Bérangère hat keine, weil sie allergisch ist. Adélaïde langweilt sich, und ihre Freundinnen finden, dass sie dringend einen Partner braucht. Adélaïde lehnt Tinder hartnäckig ab, obwohl Bérangère sie dazu drängt. Hermeline kennt außer ihren Studenten und einer Handvoll kahlköpfiger Kollegen nur wenige heterosexuelle Männer. Clotilde findet schon keinen für sich, obwohl sie sich für weniger kompliziert hält. Also wartet Judith, bis Mann und Tochter zum Skilaufen nach Savoyen zu ihren Schwiegereltern fahren. Dann organisiert sie ein Fest, wie nur sie es kann. Kein normaler Mädelsabend, eine richtige Party, eine, die kein Gast so schnell wieder vergessen wird.

Lavabo

Es ist 20.40 Uhr, Adélaïde trifft ein und hat sich zurechtgemacht. In Judiths Wohnzimmer sind die Möbel an den Rand geschoben. Judith hat vierundsiebzig Leute eingeladen, viel zu viel, hoffentlich gibt es genug Absagen. Judith kennt wirklich eine Menge Leute, das kommt durchs Radio, sie interviewt jeden Tag einen Musiker, kennt Agenten und Presseleute. Außerdem hat sie viele Kollegen. Judith ist ein Arbeitstier und hat ein sonniges Gemüt, alle mögen sie. Adélaïde hat sie vor fünfzehn Jahren durch gemeinsame Freunde kennengelernt. Die Freunde hat Adélaïde aus den Augen verloren, sie haben inzwischen Kinder und gehen nicht mehr aus. Judith trifft sie noch, früher sonntags im Park, jetzt samstags im Museum oder zum Kaffee. Adélaïde hat festgestellt, dass sich eine Frau ohne Kinder ganz ungewollt entsozialisiert. Heute Abend wird es viele geben, die sich als Eltern outen, und alle werden sich gehen lassen. Adélaïde wird sehen, dass eine Frau ohne Kinder zu sein davor bewahrt, in Judiths Flur zu kotzen.

Es ist 21.35 Uhr, und Judith macht sich in der Küche zu schaffen. Ungefähr zwanzig Personen sind im Wohnzimmer versammelt. Ständig klingelt es, und Adélaïde macht auf. Judiths Idee. Damit sie gleich bei der Ankunft mögliche Zielpersonen ausmacht. Die Schwulen erkennt Adélaïde allein, ob sie ledig sind, weiß nur Judith. Die Gutaussehenden sind vergeben, und keine Nase wäre Vladimirs würdig.

Um 22.23 Uhr stößt Adélaïde auf Martial, einen Studiogitarristen, mit dem sie vor zwölf Jahren mal im Bett war. Er ist extrem lustig und sieht aus wie ein junger Werwolf. Sie sagt Judith, dass sie Martial auf der Liste ihrer Ex vergessen hat. Trotzdem zögert sie, es noch mal zu versuchen. Sicher hat die Erinnerung an seinen Schwanz damit zu tun, spitz wie der eines Hundes und dunkelrot, fast braun, wie Kalbsleber. Sie pudert sich im Bad die Nase, dann hört sie zwei Leuten zu, die ihre Ansichten über einen französischen Film austauschen, den eine dritte Person erbärmlich findet. Sie hat den Film nicht gesehen, aber die dritte Person ist männlich und sieht ziemlich verrückt aus. Also bleibt Adélaïde im Flur stehen und zieht über den Regisseur her. Sie spürt, dass sie punktet, die anderen gehen weg, sie stellen sich vor. Ich bin Adélaïde, eine alte Freundin von Judith. Ich bin Alban, der Mann von Claire, die Judith letzten Monat in ihrer Sendung interviewt hat. Adélaïde wartet nicht auf Claire, sie geht wieder ins Bad.

Es ist 23.15 Uhr, in der Wohnung sind vielleicht vierzig Leute. Bérangère schwänzt, Hermeline hat abgesagt. Clotilde ist nicht gekommen, weil sie lieber schreiben möchte. Adélaïde trifft Freundinnen wieder, die nicht zum innersten Kreis gehören. Sie sagt: Ich bin solo, ehrlich gesagt geht es mir nicht gut damit. Ihre Freundinnen beruhigen sie: Das haben sie auch durchgemacht. Im Schnitt braucht eine Frau drei Jahre, um einen anständigen Kerl zu finden, und wenn sie ihn erst

einmal gefunden hat, will sie ihn nicht mehr loslassen. Adélaïde sagt sich, drei Jahre, das halte ich nicht durch, sie könnte
heulen. Sie trifft uralte Bekannte, die sie seit neun Jahren nicht
mehr gesehen hat. Einer gefällt ihr gut, ein grüblerischer Typ,
der noch Haare und keinen Bauch hat. Er sah damals schon
gut aus, jetzt wirkt er inmitten all der schmerbäuchigen
Vierziger geradezu überwältigend. Er heißt Luc, und sie unterhalten sich, bringen einander auf den neuesten Stand, er ist
immer noch in derselben Firma, aber er hat sich von Marie-
Laure getrennt. Sie tauschen sich über das Singledasein aus,
Luc mag es auch nicht besonders, er war es nicht gewohnt.
Adélaïde schlägt vor, eine Line zu ziehen, und sie schließen
sich im Bad ein.

Es ist Mitternacht, sie sind fünfzig, es ist so eng wie in einem
Club. Adélaïde unterhält sich mit Luc und überlegt dabei,
ob sie überhaupt jemanden mit zu sich nehmen kann, wegen
des 1,20-Meter-Betts und der erbärmlichen Enge. Sie fragt
sich, wo Luc wohnt, ist er der Typ, der sie vögelt und vor
dem Frühstück abhaut, oder nimmt er den Anfang einer Beziehung ernst. Plötzlich zitiert er Spinoza. Natürlich hat das
nichts miteinander zu tun. Adélaïde weiß nicht, dass Luc ein
Philosophie-Fan ist und dass Marie-Laure ihn verlassen hat,
weil sie genug von seinen großen Gedanken hatte. Er kommt
auf Nietzsche zu sprechen, auf ein Konzept von Hegel und
ein Argument von Kant. Adélaïde sagt sich, Eiskunstlauf, drei-
facher Axel, zweifacher Lutz, und langweilt sich halb tot. Leute, die nur in Zitaten sprechen, öden sie an, sie weiß nie, ob
sie überhaupt begreifen, was sie da erzählen. Aber irgendwas
in Lucs Lächeln macht ihr Riesenlust, ihn zu küssen.

Es ist halb eins, sie sind mehr als sechzig, die Leute pressen sich gegen die Wände im Flur, Bilderrahmen fallen herunter. Luc geht sich um die Musik kümmern, Adélaïde gesellt sich zu Judith und einer Gruppe, die das Badezimmer in Beschlag nimmt. Es geht um französische Chansons, Pop, Schlager, France Gall und Véronique Sanson, ihre Nachfolgerinnen, Namen werden in den Raum geworfen und sofort zerlegt. Bei Juliette Armanet sind sich alle einig, sie ist ein Genie. Adélaïde betet sie an, Judith will was von ihr hören. Sie spitzen die Ohren und hören harte Elektrorhythmen: Luc spielt wohl immer noch den DJ. Adélaïde drängt sich durch den Flur, gibt Küsschen, plaudert ein bisschen, nimmt gern einen Gin Tonic, braucht mehr als eine Viertelstunde, um bis ins Wohnzimmer zu gelangen. Sie sieht Luc im Profil, über den Laptop gebeugt und konzentriert, seine Nase ist entzückend, Adélaïde beobachtet ihn und findet ihn reizend. Sie stellt sich neben ihn, bereit, ihr Anliegen vorzubringen. Luc hat Kopfhörer auf und hört sie natürlich nicht. Also berührt sie seinen Arm, und er zuckt so heftig zusammen, dass der Laptop runterfällt. Dieser Zwischenfall lässt den Zauber verfliegen. Zerknirscht schließt sich Adélaïde in der Toilette ein.

Um ein Uhr morgens läuft die Musik wieder, manche sind gegangen, andere brechen auf. Sie sind etwa vierzig. Adélaïde geht zu Judith und kündigt an: Ich mach mich an ihn ran. Judith sagt: Der ist echt ätzend. Adélaïde antwortet: Stimmt, aber er sieht gut aus. Judith sagt: Na dann los, sei tapfer. Und wünscht ihr Kraft und Mut, dann umarmt sie sie. Adélaïde geht wieder durch den langen Flur zum Wohnzimmer. Luc schreit rum, weil ihn jemand ablösen möchte. Eine Frau sagt:

Ehrlich, wir haben genug von deinem Techno. Luc gibt nicht nach. Adélaïde sagt sich, dass er offenbar verhaltensgestört ist. Sie geht in die Küche und macht sich einen Gin Tonic.

Um 2.45 Uhr sind sie nur noch zwanzig. Judith ist am Waschbeckenrand zugange und sagt zu Adélaïde: Was kümmert dich das, du wirst ihn doch nicht heiraten. Den Satz hören noch vier andere, die nicht wissen, über wen sie reden. Judith verschweigt Lucs Namen, erklärt den anderen aber, dass Adélaïde immer schon an akutem Heiratsjucken leidet. Sie kann nicht daran denken, mit einem Mann zu schlafen, ohne sich vorzustellen, ihn zu heiraten. Adélaïde weiß, dass Judith recht hat, will jetzt aber nicht katholischer dastehen als der Papst. Sie verteidigt sich empört und greift nach ihrem Strohhalm. Sie ist halt naiv und kann nicht anders, als sich so etwas auszumalen. Sie fragt sich, ob Luc geeignet wäre. Sieht sich in zehn Jahren, die winzige Wohnung, vollgestopft mit Uni-Taschenbüchern. Sie kann sich nicht entscheiden, ob das sexy ist oder nicht. Judith ist aufgedreht und drängt sie zum Handeln. Diesmal geht Adélaïde unbehindert durch den Flur. Alle sind im Wohnzimmer, höchstens noch ein Dutzend, es ist 3.20 Uhr.

Adélaïde sucht Luc. Er tanzt auf dem Teppich. Darunter ist das Pentagramm. Adélaïde sagt sich, wenn ich ihn hier küsse, wird mein Kuss gesegnet sein. Sie zögert, lehnt an der Wand neben der Tür, ihn frontal anzugehen ist nicht so einfach, besser, sie tanzt sich ran. Das Problem ist, dass gerade Rap läuft. Adélaïde weiß nicht, wie sie sich bewegen soll, alle singen mit, auf Englisch, sie kennt den Text nicht. Adélaïde fühlt sich ausgeschlossen und ist unangemessen enttäuscht, sie geht zurück zu Judith, um sich zu beklagen. Judith und ihre Freunde sitzen auf dem Rand der Badewanne oder lehnen am Waschbecken und diskutieren eifrig. Ist experimentelle Literatur tot, ist es nur die Talsohle eines Zyklus oder muss man sie endgültig zu Grabe tragen? Judith nennt Clotilde als Beispiel. Eine der Frauen hat im Herbst die *Prophetinnen von der N12* gelesen: Das ist das Problem mit experimenteller Literatur, alles ist super, aber du verstehst kein Wort. Judith fühlt sich etwas unbehaglich. Adélaïde zögert, ob sie von der Hegemonie des Romans, der Wandlung der Vorstellungskraft durch das Aufkommen von Serien reden soll. Aber sie schweigt: Sie ist nicht im Dienst. Stattdessen holt sie das Tütchen raus und fragt, wer will.

4.00 Uhr, irgendwer spielt im Wohnzimmer *Chagrin d'amour*. Dazu kann Adélaïde tanzen, sie wiegt sich im Rhythmus und sieht sich nach Luc um. Sie sind nur noch zu siebt, Paare haben sich gebildet. Luc ist direkt vor ihr, aber zwischen ihnen steht eine blonde Frau. Sie ist jung und hübsch und sie küsst ihn gerade.

Um 5.30 Uhr sinkt Adélaïde ins Taxi und sagt sich: Ich bin nicht sauer. Um sechs in ihrem Bett: Das war ein schönes Fest. Sie wird gegen Mittag einschlafen, das hat mit der Wirkung der Rauschmittel zu tun. Irgendwann denkt sie noch: Ich werde mein Leben allein mit Vladimir beenden. Perdition schnurrt, und für ein paar Stunden ist ihr Herz geheilt. Ihr Schlaf wird traumlos sein, das hat sie sich verdient.

J'ai demandé à la lune

Judiths Wohnzimmer. Der Teppich ist eingerollt, das Penta-
gramm ist zu sehen, der Kessel steht in der Mitte des Raums.
Adélaïde, Judith, Bérangère, Hermeline und Clotilde sind im
Zeremoniengewand.

ADÉLAÏDE
Die Luft ist im Osten.

BÉRANGÈRE
Das Wasser ist im Westen.

JUDITH
Das Feuer im Süden.

HERMELINE
Die Erde im Norden.

CLOTILDE
In der Mitte die Geister, die wir anrufen.

ADÉLAÏDE
Ich rufe Hera.

HERMELINE
Ich rufe Hestia.

JUDITH
Ich rufe Athene.

HERMELINE
Ich rufe Artemis.

CLOTILDE
Ich rufe Demeter.

ADÉLAÏDE
Ich rufe Aphrodite.

BÉRANGÈRE
Ich rufe Lilith.

CLOTILDE
Heute ist der 21. März, das Ostarafest, und der Mond nimmt zu. Gesegnet seien unsere Göttinnen an diesem Tag der Bittgesuche. Wir kommen zu euch, um unserer Schwester zu helfen.

JUDITH, *zu Adélaïde*
Leg los.

ADÉLAÏDE
Ich rufe euch an.

HERMELINE, *zu Bérangère*
Gib mir den Salbei.

ADÉLAÏDE
Ich rufe euch an, ich bitte um eine Begegnung.

JUDITH
Sei genauer.

CLOTILDE
Mit einem Handlungsverb.

HERMELINE
Einem Handlungsverb, ich verführe, ich erhalte.

ADÉLAÏDE
Ich verführe einen Mann, der zu mir passt.

BÉRANGÈRE
Beschreib ihn.

HERMELINE
Wenn du zu vage bist, klappt es nicht.

ADÉLAÏDE
Ich verführe einen humorvollen, gebildeten, intelligenten Mann, der eine Eigentumswohnung besitzt.

CLOTILDE
Mach weiter.

ADÉLAÏDE

Ich verführe einen Mann, der den gleichen Geschmack hat wie ich. Einen Mann, der seine Arbeit mag. Einen Mann ohne Kinder. Einen Mann, der sich in mich verliebt.

HERMELINE, *zu Judith*

Was hast du mit den Molchaugen gemacht?

CLOTILDE

Psst!

HERMELINE

Ohne Molchaugen klappt es nicht.

CLOTILDE

Damit es klappt, muss erst mal ihre Bitte klar und deutlich sein.

ADÉLAÏDE

Ist das nicht klar, ein Mann, der sich in mich verliebt?

CLOTILDE

Das kann auch ein psychopathischer Erotomane sein. Vergiss nicht, wünschen heißt bekommen. Hüte dich vor falschen Wünschen, denn sie werden erfüllt.

ADÉLAÏDE

Ein geselliger Mann mit vielen Freunden. Ein Mann, der mit mir ausgeht, zu Festen geht. Ein fröhlicher Mann, der gern feiert. Der aufmerksam ist, der sich um mich sorgt.

BÉRANGÈRE
Ist das alles?

ADÉLAÏDE
Ich glaube. Ja.

JUDITH
Bist du sicher?

ADÉLAÏDE
Ja doch!

JUDITH, *zu Hermeline*
Gieß das Rattenblut rein, sie ist fertig.

HERMELINE
Jetzt schon?

JUDITH
Sie hat geredet wie eine dumme Gans, was sollen wir machen?

CLOTILDE
Ich bitte die Göttinnen darum, dass sie unsere Schwester erhören.

ADÉLAÏDE
Die Luft ist im Osten.

BÉRANGÈRE

Das Wasser ist im Westen.

JUDITH

Das Feuer im Süden.

HERMELINE

Die Erde im Norden.

ADÉLAÏDE

Und wann erfüllt sich der Wunsch?

CLOTILDE

In einer Mondumlaufzeit. Aber du hast es verbockt.

BÉRANGÈRE

Du hast nichts über sein Aussehen gesagt.

JUDITH

Eigentlich auch nichts über den Charakter.

HERMELINE

Du bist ziemlich vage geblieben, das stimmt.

CLOTILDE

Und was den Sex angeht, das hast du auch nicht erwähnt.

ADÉLAÏDE

Ich pfeif auf den Sex, das ist wirklich nicht das Wichtigste.

JUDITH

Helft mir, den Kessel wegzuräumen. François und die Kleine sind in einer halben Stunde zu Hause.

Martin

Drei Tage später feiert Adélaïde ihren Geburtstag. Fortan wird jede Stunde schwerer auf ihr lasten: Sie ist siebenundvierzig. Am Geburtstagsabend bleibt der Mond unsichtbar, Adélaïdes Kummer droht mit Macht zurückzukehren. Hermeline rät ihr, den Göttinnen zu vertrauen, das Ritual funktioniert immer. Insgeheim sorgt sie sich, was Adélaïde wohl bekommen wird.

Der April erwacht, Adélaïde setzt ihre Hoffnung in den Frühling. Ihr Alltag ist ziemlich eintönig und lässt sie intellektuell verdorren. Im Verlag kümmert sie sich um belanglose Bücher, sie trifft keine richtigen Autoren mehr, lässt sich von Charles tyrannisieren, für den sie nur noch Abscheu und oft auch Mordlust empfindet, die sie in der Kantine packt. Jetzt isst sie nämlich in der Kantine, mit den Spesen ist Schluss. Sie setzt sich nicht mehr ein, spricht nicht mehr mit denselben Journalisten, langweilt sich zu Tode.

Charles Chaloir verlangt von ihr, sich intensiv um den Start der Reihe »Die Schätze Frankreichs« zu kümmern und den Autor von *Geschichte(n) unseres Käses* überallhin zu begleiten, auch in die Buchhandlungen, von denen ihn nur wenige einladen, was Charles fuchsteufelswild macht. Die Verantwortliche aus dem Vertrieb wurde entlassen, sie musste dafür büßen, dass das neue Programm nur die Filialisten interessiert. Adélaïde fürchtet, auch bald rauszufliegen, Personalabbau ist angesagt. Sie liest Stellenanzeigen und hört sich natürlich um. Keine Stelle wird frei. Adélaïde denkt, dass ihr Leben Formen annimmt, die ihr nicht behagen. Wenn es so weitergeht, hat sie wirklich alles in den Sand gesetzt.

Heute stellt der Autor von *Geschichte(n) unseres Käses* sein Werk in einer Weinbar vor, eine Idee von Adélaïde, die Lösungen finden muss. Die Gäste hören kaum zu und warten auf die Verkostung. Unter ihnen ein Mann, der Witze reißt. Nicht groß und ziemlich rund, aber extrem sympathisch. Adélaïde ist ihm aufgefallen, er will sie zum Lachen bringen. Käseplatten werden herumgereicht. Der Mann nähert sich Adélaïde, die gerade den Maroilles ablehnt. Er versucht sich an einem gewagten Scherz und hängt gleich ein Kompliment an. Adélaïdes Herz fängt an zu rasen. Ein Mann ist auf sie zugekommen, eindeutig, er baggert sie an.

Der Mann stellt sich vor: Martin. Anfang fünfzig, angenehme Stimme. Er ist Dokumentarfilmer, und vor allem trägt er keine Turnschuhe. Leute in ihrem Alter, die Turnschuhe tragen, findet Adélaïde unerträglich, für sie ist das ein Zeichen der Verleugnung des Erwachsenseins und eine absolute Geschmacklosigkeit. Martin ist sehr gut gekleidet, A.P.C.-Hemd, perfekt geschnittene graue Jeans und glänzende schwarze Stiefeletten. Als die Veranstaltung zu Ende ist, schlägt er ihr vor, woanders noch ein Glas zu trinken.

Martin ist lustig, gebildet, intelligent. Er besitzt eine Wohnung im 14. Arrondissement, mag Beckett ebenso wie New Order. Sein letzter Film, *Die letzten Tage von Val Fleuri*, erzählt von einem Vorstadtviertel, das plattgemacht werden soll, und hat viele Preise erhalten. Martin hat keine Kinder, aber viele Freunde. Er lädt sie zu einem Fest am kommenden Samstag ein. Adélaïde sagt zu, er bezahlt und sorgt sich, dass sie sich erkälten könne, sie hat nur eine dünne Jacke an und es ist kühl geworden. Zu Hause ist Adélaïde voller Euphorie. Sie ruft Hermeline an, es ist nach Mitternacht, und das Gespräch dauert bis zwei Uhr früh.

In den folgenden Tagen prallt der Druck im Büro von Adélaïde ab. Ernest Block nervt sie, er will die letzte Seite einer großen Tageszeitung für einen seiner Autoren, einen Sänger aus den Siebzigern, der seinen Krebs überwunden hat. Da Anne-Marie Bertillon krankgeschrieben ist, müssen Adélaïde und ihre Kolleginnen auch die Reihe »Resilienz« übernehmen. Weil sich Adélaïde schon um »Die Schätze Frankreichs« kümmert, entgeht sie haarscharf dem Titel *Stärker als der Schmerz*, dem Bericht von Martine C., einem behinderten Waisenmädchen, das an Endometriose erkrankt. Dafür übernimmt sie den Debütroman einer sehr anstrengenden Fernsehmoderatorin, der sie jeden Tag am Telefon Bericht erstatten muss. Ihr Roman ist sehr schlecht, aber sie hat viele Freunde, deshalb ist das Presseecho beeindruckend.

Adélaïde denkt an Martin, ihr Herz weitet sich und sie muss seufzen. Sie ist mit ihren vier Freundinnen im Restaurant, und alle freuen sich: Das Ritual hat funktioniert, bald ist sie unter der Haube, die Göttinnen halten die schützende Hand über sie. Nur Clotilde ist skeptisch. Sie sagt: Wart erst mal ab. Und: Verlieb dich nicht zu schnell. Bérangère entgegnet, sie sei nur neidisch, Judith, dass sie sich immer Sorgen macht, nur Hermeline gibt ihr recht. Adélaïde ist das alles egal: Samstag wird sie einen Mann küssen, das steht fest, und dieser Mann wird vermutlich der perfekte Ehemann sein. Die Freundinnen sind entsetzt, allmählich sollte Adélaïde begreifen, dass ihr akutes Heiratsjucken eine Neurose ist, wenn sie sofort den Sack zumachen will, nimmt sie sich selbst jede Möglichkeit, das Wachsen einer Liebesbeziehung zu genießen. Adélaïde hört nur »Liebesbeziehung«, und die Worte der Freundinnen werden zu Hintergrundgeplätscher. Adélaïde denkt an Martin, an seine Gesichtszüge erinnert sie sich nicht genau, aber schon schreit ihr Herz, dass er der Auserwählte sein muss. Vladimir wird nicht mehr herbeigerufen. Sie wiederholt den Vornamen des fast Unbekannten, er wird zum Titel eines Songs, der in ihrem Kopf in Endlosschleife läuft.

Als der Samstag kommt, hat Adélaïde das Herz einer Fünfzehnjährigen. Sie bereitet sich lange vor und legt etwas zu viel Parfüm auf. Sie geht zu dem Café, wo sie mit Martin verabredet ist. Später wird sie ihn zu einer Premierenparty begleiten, zu der einer von Martins vielen Freunden eingeladen hat. Adélaïde staunt, als sie ihm gegenübersitzt. Nachdem sie so viel an ihn gedacht, ihn sich immer wieder vorgestellt hat, sieht er jetzt ganz anders aus. Genau jetzt könnte Adélaïde sich sagen: Ich sehe keinen Mann, nur seine Funktion. Dann würde ihr bewusst werden, dass eine Leere zu füllen nicht gleich Liebe ist. Aber Adélaïdes von Einsamkeit erschöpftes

Herz verlangt den Verzicht auf jegliche Vernunft. Beim zweiten Glas Wein malt sie sich ihre Hochzeit aus, mindestens zweihundert Leute, weil er doch so viele Freunde hat. Währenddessen plaudern sie angeregt, im offiziellen Verführungsmodus. Sie haben viele Dinge gemeinsam, sind politisch auf einer Linie, bringen einander spontan zum Lachen. Martin hat diverse Anekdoten von Dreharbeiten auf Lager, Adélaïde Tonnen von Geschichten über sehr bekannte Schriftsteller, die sich wie Geisteskranke benehmen. Sie streifen ihre Kindheit, vielmehr ihre Jugend, eine kulturell prägende Zeit, denn sie sind beide Fans von Synthiepop und New Wave. Sie gehen nicht zu dem Fest. Sie bleiben im Café sitzen, bis es zumacht.

Am Taxistand gibt Martin ihr nur zwei Küsschen auf die Wangen, mehr nicht, dann sagt er: Danke für diesen wunderbaren Abend. Adélaïde ist sauer, sie hat selten nach dem ersten Rendezvous Sex, aber zum ersten Mal seit Monaten hat sie sich die Beine rasiert, eine endlose Aktion in der winzigen Plastikdusche. Sie sagt sich, dass es gut ist, dass dieser Mann sich anständig benehmen kann, dass es so viel besser ist, aber sie glaubt nicht recht daran. Beim Rasieren der Beine und Zurechtstutzen des Schamhaars hatte sie sich pornografische Szenen ausgemalt. Als sie zu Hause ist, schickt sie Martin einen Gutenachtgruß. Er wird aus taktischen Gründen nicht darauf antworten. Adélaïde wird darauf hereinfallen und sich die ganze Nacht mit Fragen quälen, sie hängt an ihrem Martin und will ihn haben.

Küssen werden sie sich in der darauffolgenden Woche in Martins Wohnzimmer, zu einem Song von den Smiths. Adélaïdes

Herz wird im Rausch versinken, und es wird sie mit Erleichterung erfüllen, in den Arm genommen zu werden. Sie werden ins Schlafzimmer gehen, wo sich Martin vor dem Bett im Stehen ausziehen und seine Sachen sorgfältig über einen Stuhl hängen wird. Adélaïde wird irritiert sein, ihren Slip allein ausziehen zu müssen. Sie hatte sich etwas Wildes vorgestellt und ein Kleid mit Druckknöpfen angezogen. Sie wird nackt unter die Decke schlüpfen, mit einem leichten Unbehagen, fast wie Lampenfieber. Die Wärme von Martins Körper wird sie sofort beruhigen, sie wird sich genüsslich an ihn schmiegen, das Vorspiel wird lange dauern. So lange, dass Adélaïde irgendwann genug davon haben und nach Penetration verlangen wird. Martin ist nicht gerade reich bedacht, das war Adélaïde schon auf dem Sofa etwas betreten aufgefallen, aber jetzt passiert einfach gar nichts. Adélaïde ist enttäuscht, natürlich ist sie frustriert, aber sie flüstert Martin ins Ohr, dass das gar nicht schlimm ist, dass so was beim ersten Mal oft passiert. Adélaïde wird von Martins Fingern zum Orgasmus gebracht, und nach zehn Monaten Abstinenz genügt ihr das. Ihre Haut wird strahlen und sie auch.

Der Frühling schluckt den April, das Licht ist sehr sanft und die Temperatur dank der Klimaerwärmung wunderbar mild. Das Artensterben ist Adélaïde piepegal. Auf das Ende der Welt ist sie vorbereitet. Adélaïde hat keine Kinder, also auch keine Angst vor dem Danach. Sie freut sich, dass dieser Frühling warm ist, das erinnert sie an den Juni, als sie in der neunten Klasse war. Adélaïdes Herz ist lebendig und erfüllt. Adélaïdes Verstand denkt nicht mehr, auch ihr Kopf ist fünfzehn, darin erschallt nur noch der Name Martin.

Partenaire particulier

Der Monat Mai ist gesegnet, jeden Tag dankt Adélaïde den Göttinnen. Sie hat einen Partner, sie kann sagen: mein Freund. Und das erleichtert sie ebenso sehr, wie es sie beruhigt. Martin ist überaus charmant, als er sie zum ersten Mal besucht, kommt er mit einem ebenso prächtigen wie geschmackvollen Rosenstrauß. Perdition wirft die Vase um. Martin gibt nicht zu, dass er Katzen hasst. Adélaïde merkt es erst später und beklagt sich darüber bei den Mädels, Hermeline meint: Als du den Göttinnen deine Wünsche mitgeteilt hast, hast du das nicht erwähnt. Adélaïde ärgert sich sehr darüber. Im Moment noch nicht so sehr, aber später. Sie sagt sich, Martin mag zwar keine Katzen, aber wenigstens hat er keine Kinder, man kann nicht alles haben.

Die Ereignisse überschlagen sich, Adélaïde ist in einer Phase, da ihr das Glück überall lacht. Sie wird den Arbeitgeber wechseln, David Séchard verlassen, sich nie wieder den Befehlen von Charles Chaloir beugen. Nicht mehr Ernest Block ertragen, sich nicht nach Anne-Marie erkundigen, die sich wegen einer Depression in einer Privatklinik aufhält. Clotilde hat für sie eine Stelle bei Humpty Dumpty gefunden, wo sie ihren nächsten Roman veröffentlichen wird, sobald er fertig ist. Das

Gehalt ist niedriger, und sie wird ganz allein arbeiten. Sie wird sowohl für die Presse als auch für den Vertrieb zuständig sein.

Humpty Dumpty genießt in literarischen Kreisen einen hervorragenden Ruf, dem breiten Publikum ist der Verlag allerdings völlig unbekannt. Das geheimnisvolle Paar, das ihn leitet, Catherine Berlioz und Fabienne Shen, redet mit keinem Journalisten. Sie standen den Situationisten nahe und hassen die *Gesellschaft des Spektakels*. Adélaïde erhält eine Carte blanche, damit sie sich nicht die Hände schmutzig machen müssen, aber sie wollen Ergebnisse sehen. Adélaïde ist clever, sie bereitet schon den literarischen Herbst vor, indem sie alle Kritiker über ihren bevorstehenden Verlagswechsel informiert.

Paris im Juni ist ein einziges Fest, und Adélaïde genießt es in vollen Zügen. Martin geht ständig mit ihr aus, drei Partys pro Woche, Geburtstage in der Banlieue, eine Hauseinweihung auf dem Land. Adélaïde ist sehr glücklich, sie kann sich oft umziehen, sie genießt es, sich schick zu machen, sagt sich, dass Aphrodite wieder bei ihr ist. Sie versteht sich gut mit Martin, allerdings kriegt er noch immer schwer einen hoch, Adélaïde findet sich damit ab und erzählt es vor allem niemandem, weil sie denkt: Das geht vorüber. Jedes dritte Mal klappt es auch. Er läuft halt mit Wechselstrom, Adélaïde sagt sich, Geduld, der Mann muss Vertrauen fassen, mit der Zeit wird das schon.

Der Juli ist erstickend heiß, aber in Martins Wohnzimmer ist es immer frisch. Sie machen es sich jedes Wochenende in seiner Wohnung gemütlich, Perdition wird Clotilde anvertraut, die die Katze liebt. Fasziniert beobachtet Adélaïde Martin in seinen vier Wänden, seinen Rhythmus, seine Gewohnheiten. Martin ist ein Suchtmensch, er säuft, stopft sich den Bauch voll, nimmt Drogen, wechselt von einem zum anderen, ohne Luft zu holen. Adélaïde sagt sich, ich bin die Frau von einem Vielfraß, und bei diesem Satz schüttelt sie sich vor Lust. Martins Körper lässt sie an Dionysos denken, sie fühlt sich dekadent, bereit zu großen Bacchanalien. Aber selbst von hinten hält er nie länger als dreißig Sekunden durch.

Adélaïde ist es gewöhnt, mit ihren Partnern zusammenzuleben. Sie kennt Martin erst seit vier Monaten, aber sie plant schon. Seine Wohnung ist groß und das Viertel sehr angenehm. Sie gehen zusammen einkaufen, kochen zusammen. Adélaïde kann sich gut vorstellen, mit Martin zusammenzuleben, aber sie hat vergessen, die Göttinnen darum zu bitten, und obwohl sie sicher ist, dass Martin der von ihnen Auserwählte ist, wird sie bitter enttäuscht. Martin hat noch nie mit jemandem zusammengelebt, er ist gegen einen gemeinsamen Alltag.

Bérangère findet das gut, das wird Adélaïde von ihrem akuten Heiratsjucken heilen, so bleibt sie autonom. Judith ist vorsichtiger. Sie versteht Adélaïde, sie braucht das Leben zu zweit, der gemeinsame Alltag gibt ihr Bodenhaftung. Adélaïde muss verankert werden, sonst hängt sie in der Luft und geht verloren, Judith ist überzeugt, dass Martin ganz und gar nicht der Richtige ist. Hermeline mag Martin nicht besonders, obwohl sie ihn nur eine Viertelstunde gesehen hat. Martin hält sich für einen Feministen, aber er sagt: Meine kleine Adélaïde.

Martin ist ein Paternalist, er ist ein Hetero-Spießer, das ist nichts für Adélaïde. Judith und Hermeline verschweigen ihre Sorgen. Am Telefon sagen sie nur: Du kennst ihn noch nicht so gut. Lass dir Zeit. Clotilde hingegen drängt Adélaïde, so viel Zeit wie möglich mit Martin außerhalb von Paris zu verbringen, Wochenendtrips zu machen. Im Hinterkopf der Wunsch, auf die Katze aufzupassen.

In Gedanken misst Adélaïde die Wände bei Martin aus. Stellt sich die Kleiderschränke vor, die nötig sind, denkt an mögliche Gefahrenherde für die kleine Perdition. Die Toplader-Waschmaschine, die immer offen steht, die Fensterbretter, das Balkongeländer. Sie weiß, dass in ihrem Kopf alles viel zu schnell geht, aber ihr Herz hat es immer als Normalzustand erlebt, sich irgendwo einzurichten. Sie sagt sich, dass Martin nicht allein alt werden will, und da er schlau ist, wird er sich bald darum kümmern. Sie sagt sich, dass ihr Leben in einem Jahr ein anderes sein wird.

Adélaïdes Herz schlägt im Rhythmus der Lieder, die es nur auf Vinyl gibt. Martins Wohnung, eine Reise in die Vergangenheit, die Achtziger, bis hin zur Kleidung. Adélaïde läuft in einem Vintage-Leopardenkleid herum. Sie hat sich die Haare hochgesteckt und tanzt barfuß mit Martin. Sie trinken Champagner, in den Martin eine Himbeere wirft, essen sehr guten Käse, schnupfen Kokain von bester Qualität. Das sind ihre Ferien, Martin hat keinen Film in der Mache, Adélaïde ist zwischen den beiden Jobs, sie hat Ende und Anfang geschickt ausgehandelt, aber sie wünscht sich sehr, dass es den ganzen Herbst so weitergeht. Schon lange hat sich Adélaïde nicht mehr so gut amüsiert. Sie denkt an das letzte Jahr zurück, an die Trennung von Élias, und sagt sich, dass es sich gelohnt hat und dass sie alles ausgezeichnet hingekriegt hat.

Der August hat leichtes Seitenstechen. Martin ist im Pausenmodus, er hat noch keine Idee für ein neues Projekt, er möchte sich Zeit lassen, richtig ausspannen. Die Abende gleichen sich, Serien auf dem Sofa. Adélaïde denkt nicht mehr an Luxus, Drogen und Wollust. Sie sagt sich, dass sie es kaum abwarten kann, ihre neue Stelle anzutreten, allmählich ermüdet es sie, sich immer nur zu amüsieren. Bérangère ist streng: Du weißt nicht, was du willst. Hermeline anstrengend: Auf die Dauer wirkt der Mann hohl. Clotilde mischt sich nicht ein: Sie möchte die Katze behalten. Judith fragt François, ob nicht einer seiner Freunde Single ist.

Adélaïde weiß überhaupt nicht mehr, wie es um sie steht. Martin sitzt im Wohnzimmer und liest, Adélaïde langweilt sich, sie möchte nach Hause, Martin hält sie nicht zurück. In der Metro blutet ihr Herz und überschwemmt ihre Brust, zeichnet einen bräunlichen Rand auf ihr Kleid. Sie geht zu Clotilde, um Perdition abzuholen. Sie sagt: Ich versteh es nicht, es wird so kompliziert. Clotilde empfiehlt ihr, drei Tage ins Grüne zu fahren und zu meditieren, in den Coven einer Hexe, mit der sie befreundet ist. Ein großes Haus, in dem es auch Gästezimmer gibt, mitten im Wald, hinter Bordeaux. Adélaïde zögert, aber will doch lieber zu Hause sein, allein mit Perdition. Clotilde drängt nicht, sie weiß, dass es besser für sie ist. Sie legt sich eine eigene Katze zu und ist zufrieden.

Martins Anwandlungen und Rückzieher auf emotionaler Ebene erinnern irgendwie an sein Erektionsverhalten, denkt Adélaïde. Sie fragt sich, ob Martin womöglich bis in die Schwanzspitze neurotisch ist. Er sagt, dass er ständig an sie denkt, ruft sie aber nie an, antwortet auf ihre Mails mit drei Worten, macht ihr Komplimente und bringt sie im nächsten Moment mit einer unpassenden Frage nach ihren Augenringen aus der Fassung, er erkundigt sich nach den Falten am Hals, die er tief und seltsam findet, als hätte ihr bei der Geburt die Nabelschnur die Kehle zusammengeschnürt. Adélaïde sagt sich, dass Martin nicht ganz richtig tickt. Da es bei ihr nicht anders ist, funktioniert der Deal. Aber sie ärgert sich immer mehr, ihr Bittgesuch an die Göttinnen derart verpfuscht zu haben.

Der August endet in Agonie. Adélaïde hört ihre Playlist vom letzten Jahr, die *New Life* hieß, sie lässt die Szenen Revue passieren und erinnert sich noch genau an die inneren Schwindelgefühle. Sie fragt sich auch, wie es Vladimir geht, sie hat ihn schon so lange nicht mehr gerufen, sein Gesicht hat sich verändert, seine Züge sind etwas verschwommen. Heute Abend fühlt sich Adélaïde extrem stark, neu ausgerichtet, stabilisiert. Sie hat einen Freund, zwar mit Erektionsstörungen, aber sie mag ihn trotzdem gern. Und vor allem fängt sie morgen bei Humpty Dumpty an.

Comme d'habitude

Der September kündigt sich unter den schönsten Vorzeichen an, der Auftakt zur Literatursaison geht bei Humpty Dumpty nicht mit traumatischen Erlebnissen einher wie bei David Séchard. Es kommt vor, dass der Verlag einen der etwas weniger renommierten Preise holt, aber alles ist ruhig, niemand zieht in den Krieg. Catherine und Fabienne wissen, dass ihre Titel anspruchsvoll sind, sie halten die Fahne der Literatur hoch, leben für ihre Bücher, hören nur France Culture, lesen nur ausgewählte, hoch ambitionierte und engagierte Presse, die sie ihrerseits unterstützt. Die Herausforderung für Adélaïde besteht darin, dass Humpty Dumpty nicht nur ein bemerkenswerter Verlag ist, sondern auch bemerkt werden soll.

In diesem Herbst gibt es drei Bücher. Zwei Übersetzungen, *Sonnenuntergang an einem ruhmreichen Tag* von Corneliu Popescu, einem nobelpreiswürdigen rumänischen Autor, und *Die Ohren voller Fliegen* der argentinischen Schriftstellerin Teresa Flor Bianci, außerdem einen französischen Titel: *Mein Kopf im tiefsten Winter*, der zweite Roman des jungen Bastien Merlot, ein stilistisches Juwel, das von einer schweren Depression erzählt. Adélaïde war sehr beeindruckt, sie möchte ihn unbedingt groß herausbringen, setzt all ihren persönlichen Ehrgeiz daran. Sie hat sich in dem Roman wiedererkannt und weiß, dass er Fragen von universeller Bedeutung verhandelt.

Adélaïde ist clever. Mitte September findet ein neues Festival statt, *Spaß am Lesen*. Es soll die Herbstnovitäten einem breiten Publikum vorstellen. Adélaïde hat es geschafft, Bastien dort unterzubringen. Er ist dreißig, schüchtern und nimmt Seroplex. Man kann sich schwer vorstellen, wie er sich auf seiner Teilzeitstelle als Kunstlehrer an einer Schule in der Banlieue behauptet. Es ist nicht sein erstes Festival, und genau deshalb weigert er sich teilzunehmen. Adélaïde ist überrascht und ehrlich gesagt auch ein bisschen wütend. Sie wird drei Tage brauchen, um ihn zu überzeugen, sie wird ihn von zu Hause abholen. Sie wird warten, bis sie im Zug sitzen, ehe sie ihm seinen Tagesablauf zeigt: Lesung in Halle B, Gesprächsrunde im Festzelt, Signierstunde am Stand des Buchhändlers, gemeinsames Abendessen um 20.00 Uhr. Sie hat ein Röhrchen Lexotanil eingepackt.

Die Boxen knistern, das Mikro ist übersteuert. Bastien steht auf einer kleinen Bühne und liest Auszüge von *Mein Kopf im tiefsten Winter*. Er spricht eintönig, mit unsicherer Stimme. Jede Zeile, die er vorliest, rührt an die Qualen, die er durchgemacht hat. Überdies fühlt er sich entsetzlich schamlos, er, der sonst so zurückhaltend ist, der sich niemandem von Angesicht zu Angesicht offenbart, entblößt sich jetzt vor völlig fremden Leuten. Er schämt sich, und diese Scham frisst ihn innerlich auf. Bastiens Körper fällt in sich zusammen. Er liest weiter, weiß nicht wie, staunt selbst über dieses Wunder: Er hat die Zügel nicht mehr in der Hand. Seine Augen erfassen die Sätze, sein Mund spricht sie aus. Er steht neben sich, neben seinem Körper, als füllte die Scham ihn ganz und gar aus, verdrängte ihn sogar aus seinem eigenen Kopf.

Eine kleine Gruppe sitzt brav vor der Bühne, einige scheinen zuzuhören, eine alte Dame macht sich Notizen, eine andere nickt regelmäßig. Neben ihnen verläuft der Mittelgang, dort strömen die Besucher vorbei, manchmal auch mit Kinderwagen. Als Bastien Merlot das Wort »Selbstmord« ausspricht, stehen zwei junge Frauen demonstrativ auf. Sie lachen und sagen: Echt jetzt, der Junge ist ja komplett daneben. Adélaïde kann nicht eingreifen, Bastien ist endgültig von der Rolle. Er stolpert über einfache Wörter, wiederholt oder überspringt eine Zeile, trinkt Wasser, möchte sterben. Die Durchsage, dass ein Renault Scénic falsch geparkt ist, beendet sein Martyrium.

Adélaïde beruhigt Bastien, er war sehr gut, die Bedingungen sind unmöglich, sie wird sich bei den Organisatoren beschweren. Sie können keine Pause am Imbissstand einlegen, aber sie teilen sich eine Lexotanil. Adélaïde zieht Bastien zu seiner Signierbox. Immer dieselbe Anordnung, der hinter seinem Tisch eingeklemmte Autor erwartet den Kunden ebenso, wie er ihn fürchtet. Er ist gefangen, er sitzt, während die Leute vor ihm stehen. Ein bisschen wie in der Schule, er kann nur zuhören. Je unbekannter der Autor ist, desto mehr muss er zuhören. Leute kommen zu ihm, um die Zeit totzuschlagen und sich für ihr Leben zu rächen. So hört Bastien Sprüche wie: Bei Ihrem Nachbarn drängen sich die Leute, und Sie verkaufen nichts, also nehme ich eins, das ist meine gute Tat der Woche. Oder: Ihr Buch macht nicht gerade Lust, es zu lesen. Und: Wie viel bekommen Sie pro Buch? Da haben Sie zwei Euro, behalten Sie das Buch.

Adélaïde sammelt die Überreste von Bastien ein, sein Zustand ist bedauerlich, das Podiumsgespräch *Das Warten auf Worte* beginnt in einer Viertelstunde. Unter Bastiens Zunge schmilzt eine Lexotanilkapsel. Er teilt sich die Bühne mit Clara Stein, einer jungen bipolaren Autorin, die in *Gagaland* humorvoll von ihrem Klinikaufenthalt erzählt, vierhundert Seiten Autofiktion. Der Moderator ist verzaubert und Clara in einer manischen Phase, was sie geradezu redselig macht. Bastien antwortet mit Ja und Nein und hat keine Lust, sein Buch zusammenzufassen. Am wenigsten das Kapitel, wo er in die Seine springt.

Adélaïde spendiert Bastien zwei Kekse und einen Kaffee. Sie betrachtet ihn voller Anteilnahme, seine Qualen schnüren ihr die Kehle zu. Sie zwingt ihn sanft, zu seiner Box zurückzugehen, aber weil sich dort rein gar nichts tut, bringt sie ihn ins Hotel, damit er sich ausruht, und holt ihn zum Abendessen wieder ab. Das Dinner findet in einem Restaurant statt, viele Teilnehmer, Sechsertische. Adélaïde und Bastien sitzen also mit vier anderen zusammen, drei anerkannten Autoren und einem Presse-Kollegen. Sie reden über Literaturpreise, die des letzten Jahres und die kommenden. Bastien leidet Höllenqualen, aber das Lexotanil hat ihn ruhiggestellt, äußerlich wirkt er entspannt. Er sagt mehrmals zu Adélaïde: Jetzt ist es vorbei, es geht mir gut. Also glaubt sie ihm. Der Kollege ist sympathisch, Bastien scheint nicht in Gefahr, Adélaïde sagt sich: Ich werde den Abend genießen.

Die Vorspeise wird serviert, die vierte Karaffe Weißwein gebracht. Adélaïde plaudert mit dem Kollegen, über ihre Verlage, ihre Laufbahn. Sie streifen das Herbstprogramm von David Séchard, der Spitzentitel ist die posthume Korrespondenz von Johnny Hallyday. Die Autoren sprechen über die Jurys der Literaturpreise, die immer gleich bleiben. In Bastiens Magen kämpfen die Avocado-Krabben mit dem Lexotanil. Der Lachs wird serviert, die sechste Karaffe Weißwein geleert. Die drei Autoren diskutieren: Kann man Person und Werk trennen? Wie hoch sind ihre Vorschüsse? Wie viel haben sie von ihrem letzten Buch verkauft, ab welcher Auflage darf man sich mit Fug und Recht Schriftsteller nennen. Beim Dessert wird sich Bastien übergeben. Da sie ihn ins Bett bringen muss, wird sie heute Abend nicht in der Disco des Dorfes tanzen, in dem das Festival stattfindet. Sie wird ein paar anekdotenwürdige Vorfälle verpassen, aber genug schlafen.

Humpty Dumpty sitzt in einem alten Gebäude und besteht aus winzigen Zellen. Manchmal sehnt sich Adélaïde nach ihrem Großraumbüro zurück, obwohl sie hier ihre Ruhe hat. Ihr Alltag ist viel härter als erwartet. Kritiken für die übersetzten Titel zu bekommen ist ein Ding der Unmöglichkeit. Teresa Flor Bianci präsentierte sie der Presse wegen des sehr ungewöhnlichen Tons als Unbekanntes Literaturobjekt, mehr kann sie nicht machen. Um Corneliu Popescu bekannt zu machen, wäre irgendein Hype hilfreich. An einem Vollmondabend versucht sich Adélaïde heimlich und ganz allein an einem Ritual. Sie bittet: Sein Name soll durchs Netz schwirren. Am nächsten Tag veröffentlicht eine Zeitschrift eine Enthüllungsstory: In seiner Jugend hat Corneliu Popescu der Macht nahegestanden, er war der Protegé von Frau Ceauşescu.

Der September nimmt Fahrt auf. Adélaïde fragt sich, ob das nicht der richtige Moment ist, die Arbeit, ihr Leben radikal zu ändern. Immer mehr Leute fangen in ihren Vierzigern etwas Neues an, Adélaïde überlegt: eine Buchhandlung aufmachen. Dann fällt ihr ein, dass sie nichts besitzt und keinen Bankkredit erhalten wird. Adélaïde hasst die Natur, das Dorfleben, ihr Zukunftsprojekt kann nur in der Stadt sein. Adélaïde hat schon woanders gewohnt. Sie hängt an Paris, weil es der einzige Ort ist, wo die Leute zügig gehen und gut gekleidet sind.

Adélaïde denkt an die Septembermonate früherer Jahre, vor allem des letzten. Sie sagt sich, dass die Leere ein für alle Mal hinter ihr liegt. Sie sieht Martin nur am Wochenende, aber auch unter der Woche hängt sie abends nicht in der Luft. Sie spricht mit Martin, sie spricht über Martin, sie glaubt, dass sie die Einsamkeit aus eigener Kraft erledigt hat. Als Adélaïde an diesem Abend einschläft, sondert ihr Unterbewusstsein Bilder ab, an die sie sich später erinnern wird. In einer Zirkusveranstaltung ist sie die Direktorin und kündigt die erste Nummer an. Bastien ist winzig, er hat eine Kochmütze auf dem Kopf und fährt Einrad. Er hat einen Affenschwanz, sie setzt ihn auf einen Kinderstuhl und schnallt ihn fest, öffnet seinen Schädel und bohrt eine große Gabel in sein Gehirn.

Adélaïde Berthel ist wie alle anderen auch. Tagsüber erledigt sie ihre Arbeit, aber sie fühlt sich schuldig.

La reine des pommes

Als sie die Straße entlanglaufen, sagt Martin, falls sie von Zombies angegriffen werden, wird er sie opfern. Er findet das logisch, weil sie nicht so schnell rennen kann, sie würde ihn aufhalten. Adélaïde weiß nicht, was sie mehr erschreckt, dass Martin unverhofft die Möglichkeit eines echten Zombieangriffs in Erwägung zieht, dass er sie ihnen zum Fraß vorwirft oder dass er sie so schlecht kennt. Sie würde sich besser aus der Affäre ziehen als er, sie ist zwar keine Sprinterin, aber doch schneller als Martin, der älter, fetter, schlaffer ist. Und vor allem hat sie einen ausgeprägten Überlebensinstinkt. Dass er das nicht spürt, zieht ihr den Boden unter den Füßen weg. Von da an misstraut sie ihm und liebt ihn viel weniger.

Ein andermal gesteht er ihr, dass ihn die Vorstellung erschreckt, sie könne zu ihm, in seine Wohnung ziehen wollen, wo ja genug Platz wäre, und dass er glücklich ist, dass sie das Thema nicht anspricht. Adélaïde weiß nicht, was sie mehr verletzt. Die Aussage, dass er sich weigert, mit ihr zusammenzuleben, sein seltsamer Egoismus oder dass sie sich von all ihren Plänen verabschieden muss. Wenn sie sich jetzt mit ihm trifft, fragt sie sich, warum. Sie wird ihn nicht heiraten, niemals, er ist nicht der Richtige, der, mit dem sie die zweite

Lebenshälfte verbringen wird. Der Herbst ist eindeutig da, die Jahreszeit der Liebe ist tot und begraben.

Adélaïde spürt, dass immer mehr an Martin sie stört; wie er sich rekelt, wie er sich im öffentlichen Raum breitmacht, vor Selbstgefälligkeit keckert, Schmatzgeräusche macht, sie findet das nicht mehr lustig, sondern schrecklich vulgär, geradezu abstoßend. Und im Restaurant hat sie sich sogar für ihn geschämt. Davon hat sie sich seit dem Spätsommer nicht erholt. Es war ein sehr schickes, angesagtes Restaurant, *Rive gauche*. Er ist in Sandalen gekommen, er hatte tatsächlich Sandalen an, Adélaïde erstarrt bis heute bei dem Gedanken daran. Natürlich hat er gekeckert, geschmatzt und mit dem Kellner herumgewitzelt. Es war sehr warm, sein schweißdurchtränktes kurzärmeliges Hemd war schnell getrocknet und hatte um den Hals und am Rücken weiße Streifen. Adélaïde musste immerzu an das Wort »Verfall« denken, während sie ihr Profiterole aufaß. Jetzt ließ er den Großvater vom Lande raushängen. Sie hatte das Gefühl, dreißig Jahre nach vorn katapultiert zu werden, jetzt war Schluss mit den Teenie-Gefühlen, Martin roch aus allen Poren nach Pflegeheim. Das ist mehr als fünf Wochen her, aber den Geruch wird sie nicht mehr los.

Seit dem Sommerende nimmt Adélaïde alle Fehler von Martin wahr, und sie sind, objektiv gesehen, zahlreich. Bérangère hatte also recht, was noch auf dem Markt ist, sind Mängelexemplare. Martin zum Beispiel hat keinen Filter. Er sagt einfach, was er denkt, was er weiß und empfindet. Das erklärt die Zombies. Und er kennt keine Grenzen. Adélaïde sagt sich, dass es nicht mehr geht. Wenn sie an den Frühling zurück-denkt, kommt er ihr sehr weit weg vor, und vor allem bevöl-kert mit ganz anderen Personen. Eines Abends vertraut Adé-laïde es Hermeline an: Frühling und Sommer waren von dem Zauber geprägt, sie haben gehext, aber jetzt ist der Zauber gebrochen. Hermeline ist vernünftiger, sie sagt, dass sie ge-nau das bekommen hat, was sie sich gewünscht hat. Nur hat sie ihren Wunsch falsch formuliert. Hüte dich vor falschen Wünschen, denn sie werden erfüllt. Hermeline erinnert sie an Clotildes Worte, die Worte der Hexe.

Adélaïde sieht Martin nicht mehr mit dem Blick der Liebe. Ihr Wohlwollen hat sich aufgelöst, die Realität springt ihr ins Auge. Wenn sie ihn küsst, wenn ihre Hände auf seinem Ge-sicht liegen und sich ihre Finger in seinen Kropf bohren, fühlt es sich an wie Gelatine, wie Fleischkonfitüre. Es stößt sie nicht direkt ab, aber sie denkt an Jabba den Hutten, und wäh-rend Martin sie berührt, läuft in ihrem Kopf der *Imperial March* aus *Star Wars* in Endlosschleife. Seither hat sie im Bett Mühe, sich zu konzentrieren.

Adélaïde sieht in Martin nicht mehr den sinnlichen Vielfraß, gierig und unersättlich, sondern einen kleinen, hungrigen, egoistischen, launischen Jungen. Adélaïde hasst kleine Jungs, nichts schlägt sie schneller in die Flucht, als mit einem inne-ren Kind konfrontiert zu werden. Das von Martin benimmt sich nicht gut und ist schlecht erzogen. Er sagt: Meine Thera-peutin meint, daran ist meine Mutter schuld. Oft fügt er hin-zu: Meine Mutter ist inzestuös. Adélaïde hat nichts gegen die-se Lesart. Aber sie begreift nicht, warum sich Martin über eine Kindheit beklagt, in der seine Eltern nackt herumliefen, und sich dann selbst die Kleider vom Leib reißt, sobald er nach Hause kommt. Sie hatte sich Martins Lieblingshauskleidung, T-Shirt und Pantoffeln, mit der Hitze erklärt, so fühlt er sich halt wohl. Nun wird Adélaïde bei jeder Begegnung gezwungen, der Wirklichkeit ins Auge zu sehen. Martin hat sich nicht verändert, sie hatte sich alles schöngeredet. Er ist ungehobelt. Nicht ungeschickt, sondern taktlos. Natürlich hat er sich damals zurückgehalten. Jetzt ist er ganz ungezwungen. Adélaïde als erobertes Reich, offiziell unterworfen, eine treue Freundin, die sich nicht davonmachen wird. Martin benimmt sich immer öfter unangenehm, ja verletzend. Er sagt ihr: Du hast ganz schön zugelegt. Und fügt gleich hinzu, dass es in einer Beziehung wichtig ist, offen zu sein. Da sagt sich Adélaïde: Diese Beziehung wird das Wochenende nicht überleben. Es ist Samstag, 21.00 Uhr, in Martins großem Wohnzimmer. Draußen abnehmender Mond.

Es gibt magische Abende, einfach wunderbar, in denen jede Stunde köstlich, jede Minute so intensiv ist, dass es fast unwirklich erscheint. Und Abende, die verflucht sind, einfach schrecklich, in denen sie Stunde für Stunde zwischen Scylla und Charybdis hin- und herschaukelt. Es ist 21.00 Uhr, Adélaïde stopft sich friedlich mit Käse voll, darunter ein exzellenter Trüffelbrie, und hört The Cure, als Martin erneut sagt, dass sie seit den Ferien mindestens zwei Kilo zugenommen hat. In dem Moment beschließt die Hi-Fi-Anlage, ihren Geist aufzugeben. Martin regt sich auf, nimmt den Verstärker auseinander, pustet rein und verliert eine Schraube. Adélaïde langweilt sich, es ist 22.30 Uhr. Martin redet nicht mehr. Er geht ins Schlafzimmer, sie versteht nicht, was los ist. Es ist 22.42 Uhr, sie folgt ihm, er liest ein Buch. Das Schweigen zerkratzt Adélaïde, und während sie sich auszieht, brennt es bis zu den Knien. Sie schlüpft ins Bett, aber Martin rührt sich nicht, er ist in ein Buch vertieft, das den Pulitzer-Preis bekommen hat. Es ist 23.30 Uhr, sie versucht zu schlafen. Aber es ist viel zu früh, und sie versteht nicht. Martin macht das Licht aus. Dreht sich zu ihr um. Dann, als nüchterne Feststellung, sagt er: Ich liebe dich, aber ich begehre dich nicht.

Adélaïde spürt, wie plötzlich all ihre Knochen zerspringen. Ich liebe dich, aber ich begehre dich nicht. Martins Worte dröhnen durch das Schlafzimmer, die Wände rücken näher, das Zimmer zieht sich zusammen, Adélaïde kriegt keine Luft mehr. Dabei bleibt sie ganz ruhig. Trotzdem erinnert sie sich später nicht, was sie antwortet, was dann passiert. Erst nach Mitternacht kommt sie zur Besinnung, Martin ist eingeschlafen, sie sammelt ihre Sachen zusammen und geht ins Wohnzimmer. Sie wird dort die ganze Nacht auf dem Sofa sitzen, in ihrem Kopf widersprüchliche Gedanken und eine große Wut. Das Wort »Trauer« und die Vision einer Packung mit verdorbenem Fleisch. Am Morgen wird sie sagen, dass es aus ist. Dass sie nicht bleiben kann, wenn er sie nicht begehrt. Dass sie diesen Satz einfach nicht fassen kann: Ich liebe dich, aber ich begehre dich nicht, dass das unvorstellbar brutal ist. Er wird sagen, Ich verstehe dich und es tut mir leid. Er wird sich entschuldigen, so offen zu sein, aber sie erregt ihn nicht, hat ihn nie erregt, der Beweis dafür ist, dass er jedes Mal kaum einen hochkriegt.

Im Taxi wird sich Adélaïde eine Menge Fragen stellen. Warum ist Martin auf sie zugekommen, wie waren seine früheren sexuellen Begegnungen, sollte sie vielleicht nachforschen, wie soll sie über diesen Affront hinwegkommen. Adélaïdes Ego zerbricht unter dieser Demütigung. In tausend Stücke, die in alle Richtungen fliegen. Martin begehrt sie nicht, sie ist nicht begehrenswert. Adélaïdes Blut hat sich in Blei verwandelt, ihr Herz und ihr Verstand sind vergiftet.

Judith, Bérangère, Clotilde und Hermeline sind natürlich entsetzt. Flegel ist noch das freundlichste Wort, sie sagen auch pervers, toxisch, Dreckskerl, Rüpel und Arschloch. Judith ist fassungslos: Er guckt wohl nicht in den Spiegel. Bérangère erklärt, dass sie sich aus Erfahrung immer vor hässlichen Männern hütet, das sind oft die Brutalsten. Adélaïde gibt zu, dass sie überzeugt war, weil er so hässlich ist, wäre er ein zahmes Monster, dankbar für die Hand, die ihn streichelt, voller Bewunderung für den Frauenkörper, der 40 tragen kann, außerdem sind ihre Brüste noch fest. Clotilde wiederholt, daran sei ihr Bittgesuch an die Göttinnen schuld. Hermeline, daran sei das Patriarchat schuld. Adélaïde verspricht den Mädels, nie wieder mit ihm zu reden.

Jetzt ist sie also allein. Single, schon wieder. Adélaïde würde gern aus dem Fenster springen, aber sie wohnt im ersten Stock und sie weiß, dass es vorbeigehen wird, weil es immer vorbeigeht. Vor allem, weil es eine Frage des Stolzes ist, kein Liebeskummer. Worum es hier geht, was sie ertragen muss, ist die Enttäuschung. Bérangère sagt, dass Enttäuschung ihre häufigste Empfindung sei, so häufig, dass sie jetzt an ihr abgleite und sie nicht mehr darauf achte. Judith sagt: Wir müssen sie rächen. Clotilde regt sich auf: Ich werde ein Buch schreiben, erzählen, was wir durchmachen. Hermeline und Bérangère halten das für eine hervorragende Idee. Da Adélaïde ihre Pressefrau ist, weiß sie, dass es nichts bringt, sie wird nicht wahrgenommen werden. Außerdem will sie nicht, dass Martin sich wiedererkennt, dass wäre eine Steilvorlage, damit er das Opfer spielen kann. Sie empfiehlt Clotilde, ihr aktuelles Manuskript zu beenden, ein feministisches Projekt, dessen Titel noch diskutiert wird. Da es ein Manifest sein soll, will sie einen Slogan, der Arbeitstitel lautet *Trink mein Monatsblut*, doch die Verlegerinnen zögern noch. Adélaïde findet die beiden zu zaghaft, Clotilde auch. Sie sehnen sich nach Guillaume Grangois zurück, der sicher nicht gezögert hätte. Aber Guillaume Grangois hat sich in die Auvergne zurückgezogen, wo er Honig macht, den er übers Internet und in seiner Gästepension verkauft. Die Sache ist defizitär, aber er steht nicht mehr unter Lexotanil.

Der September schreitet voran, und mit ihm ergreift die Leere Besitz von Adélaïde, wie im letzten Jahr. Wobei, nicht ganz. Zwar hängt sie in der Luft, aber abends wartet Perdition auf sie. Die Gesellschaft der Katze reduziert das Gefühl emotionaler Entbehrung beträchtlich. Die Stille ist kein Abgrund, das Tier bewegt sich. Und dann die Liebkosungen. Martin ist wie vom Erdboden verschwunden, keine Nachricht, kein Anruf, keine Likes unter ihren Posts in den sozialen Medien. Also füllt Adélaïde die Leere mit Warten, anders als vor einem Jahr, sie hat jetzt jemanden, an den sie denkt, auch wenn es nicht um Liebe geht. Sie will, dass Martin leidet. Dass er für seine Worte bestraft, für seine Gedanken massakriert wird. Dass er nie mehr eine Frau anrührt, dass er nie mehr einen hochkriegt, dass er seine Zähne und seine Arbeit verliert und sich in ein Spanferkel verwandelt, dem sie bei Vollmond die Kehle durchschneiden kann, bevor sie ihm die Haut abzieht und es auf kleiner Flamme brät. Nichts wird vergessen, alles verwandelt sich im Kopf von Adélaïde, die seit Martins Bemerkung natürlich nichts mehr isst. Bei der Arbeit hat sie Aussetzer. Martin hat den Fall ad acta gelegt.

Sie haben sich in einem Café getroffen, sie mussten sich noch Sachen zurückgeben. Nichts Persönliches, Bücher, DVDs. Jeder kam mit seinem Einkaufsbeutel. Martin hat gesagt: Entschuldige bitte, ich bin ein Dreckskerl, es tut mir wirklich leid. Dann: Du hattest recht, Schluss zu machen. Dann: Wenn es mit uns weitergegangen wäre, hätte ich fremdgehen müssen, da ich dich nicht begehrt habe. Dann: Aber ich hätte dir nichts davon erzählt, weil du ja für Monogamie bist. An mehr kann sich Adélaïde nicht erinnern, wegen des Schockzustands.

Sie würde gern sehen, dass Martin unglücklich ist, aber sie erlebt jeden Abend auf Facebook, wie er sich aufspielt. Er organisiert Partys und geht zu Festen. Sie würde Martin gern eifersüchtig machen, aber Martin pfeift drauf, sie pfeifen immer drauf, wenn sie den Fall ad acta gelegt haben. Sie sind imstande, strikt zu trennen, Gefühle, Stolz, ihre Verletzungen eitern nicht. Sie spüren nichts von der klaffenden Wunde der Trennung, es gibt keine Wunde, sie bearbeiten einen Fall, der Fall wird ad acta gelegt, sie machen etwas anderes. Judith glaubt, dass bei Frauen Gefühle, Stolz und Verletzungen, dass alles durcheinandergeht und irgendwann überläuft. Alle anderen Bereiche sind davon betroffen. Judith sagt: Frauen, überall Schleimspuren, Schneckenschmerz, keine Zurückhaltung. Adélaïde sieht sich als tropfendes, abgehängtes Stück Fleisch. Judith hat dabei an den Sänger gedacht. Den Mann, der ihr seit Monaten gefällt, der sie verrückt macht und quält. Er hat sie nur geküsst und ist verschwunden. Seitdem möchte Judith jedes Mal sterben, wenn sie ihren Mann ansieht. Sie ist zu spät am Mikro, verliert ihre Notizen und ihre Schlüssel, vergisst, ihre Tochter abzuholen. Judith fühlt sich solidarisch und überträgt ein bisschen.

Es ist fast Oktober, es regnet, und in Adélaïdes Herz ist niemand mehr, niemand, der es schlagen lässt und ihr Lust macht, lebendig zu bleiben. Sie weiß, dass sie ohne Perdition, um die sie sich kümmern muss, bald im Abgrund landen würde. Adélaïde weint nicht, sie denkt an Bérangère, die sagte, sie sei von dem Wort »Enttäuschung« beherrscht. Ihr Mund ist etwas trocken, darin der Geschmack von Trauer. Dies ist eine Geschichte über blaue Flecken, über ein Herz voller Blutergüsse. Adélaïde Berthel, eine Frau wie alle anderen. Die sich zusammengekrümmt hat, aber wieder hochkommen muss.

Pendant que les champs brûlent

Dank der Klimaerwärmung ist dieser Freitag sehr angenehm, Altweibersommer Anfang Oktober. Adélaïde ist froh, ihre Überstunden abzubauen. Die Freundinnen haben ihr ein verlängertes Wochenende zu fünft verordnet, um wieder auf den Damm zu kommen, drei Tage unter Frauen. Bérangère hat über Airbnb ein Haus nahe Honfleur gebucht. Auf dem Programm Spaziergänge, Erholung, Schwatzen, Meeresfrüchte. Adélaïde hasst die Natur und das Meer lässt sie völlig kalt. Sie verträgt keinen Weißwein und mag keinen Mittagsschlaf, sie isst nur Krabben, keine Muscheln, beim Anblick von Austern wird ihr schlecht. Aber sie ist glücklich, mit ihren Freundinnen zu sein.

Sie weiß, dass sie ohne diese Schwestern ein Häufchen Elend wäre. Mit zersplittertem Ego, Scherben von Narziss mit so scharfen Kanten, dass sie sich in die Finger schneiden würde, wenn sie sie aufsammeln wollte. Bérangère, Hermeline, Judith und Clotilde bilden einen Kreis um sie, wie eine Rüstung, ein Schutzschild, eine Kuppel, die ihre Seele umschließt; zwar implodiert ihr Geist und ihre Gedanken zerfasern, aber ihr Verstand bleibt geschützt, auch wenn sie selbst zerfällt.

Vor den Scheiben des TGV ziehen hässliche Häuser und Maisfelder vorbei, das Frankreich der Peripherie, wo die Bahnhöfe dichtgemacht wurden. Dann kommen die Wiesen, die Kühe, die Wälder, die Bauernhöfe. Die Normandie und ihre von Flurhecken geprägte Landschaft, die Apfelbäume, ordentlich in Reih und Glied. Das ist schon zu viel Grün für Adélaïde, sie beendet die Fahrt mit geschlossenen Augen, eine Niagara-Kompilation in den Ohren.

Sie quetschen sich mit ihren Taschen in den Mietwagen. Adélaïde hat keine Fahrerlaubnis, Clotilde auch nicht, Hermeline ist aus der Übung und Judith möchte nicht mehr ans Steuer, seit sie 1997 den BMW ihres Vaters zerbeult hat. Bérangère fährt. Das Haus ist feucht, der Whirlpool außer Betrieb, das Mobiliar rustikal, die Tapete bunt. In Adélaïdes Zimmer stehen ein Bauernschrank, ein großes Bett, eine Kommode. Sie legt ihr Wochenendgewand an, ein wild geblümtes Kleid, im Schlussverkauf erstanden. Hermeline kommt in Jogginghose, Clotilde im Drillich, Bérangère in Jeans. Judith hat sich nicht umgezogen, sie macht Kaffee und legt die für Adélaïde reservierte Cola Zero in den Kühlschrank. Um jedem Drama zuvorzukommen, setzen sich Hermeline und Bérangère ins Auto und fahren einkaufen.

Im Garten herrscht Stille, kaum ein Vogelpiepsen. Für Adélaïde hat die Natur den Soundtrack des Sterbens. Judith hat ihre kleinen Boxen mitgebracht, sie können Niagara laut hören. Clotilde sorgt sich um Adélaïde und holt ihr die Cola. Adélaïde fühlt sich total leer und unterdrückt ihre Tränen. Und dann kommt auch noch *Soleil d'hiver*: *Elle n'était pas du genre*

*à se faire remarquer / C'était jamais elle qu'on invitait à dan-
ser.* Adélaïde sieht Judith an und sagt: Ich werde mutterseelenallein sterben. Judith zuckt zusammen: Sag so was nicht.
Sie fügt eine ganze Reihe Wörter hinzu, die überstürzt aus ihrem Mund quellen, ungeschickte, in aller Eile gefundene Wörter wie *Hoffnung* oder *Begegnung*, die so banal klingen, dass
sie sich dafür schämt. Adélaïde starrt Judith an, wiederholt:
Ich werde mutterseelenallein sterben. Ergänzt: Ich darf mir
nichts vormachen. Dann: Es ist nur schwierig, sich an den
Gedanken zu gewöhnen. Ihr Ton duldet keinen Widerspruch,
Judith versucht es trotzdem, Adélaïde weiß doch gar nicht,
was die Zukunft bringt. Adélaïde lächelt, sie kennt das Lied,
die Stimme der Sängerin hat das letzte Wort: *Au bord du quai
doucement elle a sauté / Ses cheveux lentement dans l'eau ont
flotté.** Als Clotilde auf einem Tablett die Cola bringt, trän-
ken Adélaïdes Tränen ihr Blumenkleid.

Als Bérangère und Hermeline mit Bergen von Lebensmitteln
und Zigaretten zurückkommen, sitzen die drei total depri-
miert im Garten. Adélaïde war sehr überzeugend, auch Clotilde sieht sich im Lager der lebenslang Einsamen. Judith ist
traurig und weiß nicht warum. Sie gibt zu, dass sie erleichtert
ist, einen Ehemann zu haben. Bérangère macht erst mal ein
paar Gin Tonic. Hermeline nimmt ein Bier. Es ist 17.30 Uhr
und die Sonne hält sich. Clotilde will Tarotkarten legen, Ju-

---

* Sie war ein Mädchen ohne Glanz / Nur selten bat man sie
  zum Tanz.
** Am Ende des Quais ist sie lautlos gesprungen / Ihre Haare
   wurden vom Wasser verschlungen.

dith ist dagegen. Bérangère serviert Oliven und Chips. Adélaïdes Herz ist bereit, gepflegt zu werden.

Das Besondere an einem Abend unter Frauen ist, abgesehen
vom unvermeidlichen Thema Regelschmerzen und Erinnerungen an Entbindungen, der Austausch von Vertraulichkeiten, die dann verallgemeinert werden. Deshalb sind heute
Abend alle Männer feige und schwach. Judith sagt, dass ein
Paar aus zwei Einsamen bestehen kann, dass François sie
kaum ansieht, wenn er mit ihr schläft. Sie spricht von dem
Sänger, an den sie immerzu denkt, an den Treueschwur, der
nach zwölf Jahren zum ersten Mal auf ihr lastet. Hermeline
fragt, ob sie es ertragen würde, wenn François fremdgeht. Judith erzählt, wie eine hübsche Praktikantin ihn angebaggert
hat, wie zerbrechlich, eifersüchtig, wie verrückt sie das gemacht hat. Adélaïde findet, dass die Treue in ihrem Fall ein
Handicap ist, dass einen die Ablehnung der offenen Zweier-
beziehung ziemlich reaktionär dastehen lässt, gerade jetzt, wo
Dating-Apps die Liebe zum Alltagskonsum gemacht haben.
Jede strebt nach Höherem, ein Angebot in Pixeln. Der Treueschwur schreckt ab, wirkt überholt. Niemand ist mehr bereit,
auf den Reigen der Möglichkeiten zu verzichten.

Bérangère sagt nichts, weil sie verliebt ist, Hermeline ist sauer, dass es ein verheirateter Mann ist. Clotilde erzählt von den
Na, einer Ethnie in China, Ackerbauern, die am Fuße des Hi-
malajas leben. Ihre Spuren reichen zurück bis zu Marco Polo.
Es gibt noch 30.000 Na, und sie haben immer ohne die In-
stitution der Ehe und den Begriff von Vaterschaft gelebt. Na-
Geschwister teilen alles und ziehen gemeinsam die Kinder

groß, die die Frauen zur Welt bringen. Ihr Motto lautet: *Der Mann ist für die Fortpflanzung wie der Regen für das Gras, er lässt es wachsen, das ist alles.* So steht es in einem Buch, das Clotilde gerade liest. Die Kinder werden bei *flüchtigen Besuchen* gezeugt. Schwestern und Brüder leben zusammen. Adélaïde fragt, was bei den Na-Frauen wie sie machen, die keine Geschwister, keine Familie haben, beantwortet die Frage selbst: Sogar im Himalaja würde ich allein sterben, und bricht in ein schrilles Lachen aus, das allen Angst macht. Hermeline würde um nichts in der Welt den Alltag ihrer Brüder teilen, Bérangère findet, solange man nicht mit ihnen schläft, lässt sich darüber reden, da Judith nur eine Schwester hat, hat sie dazu keine richtige Meinung.

Hermeline hat einen Film über die Na gesehen, darin hießen sie Mosuo. Sie erinnert sich sehr gut daran, alle wohnen an einem See, der mit den Tränen der örtlichen Göttin gefüllt sein soll. Sie findet das schön, sehr poetisch. Adélaïde erinnert an Valerie Solanas, »kein Aspekt unserer Gesellschaft ist für Frauen auch nur ansatzweise relevant«. Bérangère gibt zu bedenken, dass Frauen untereinander echt brutal sein können, zum Beispiel bei der Arbeit, weshalb sie sich in gemischten Gruppen wohler fühlt. Adélaïde erzählt vom Krieg gegen ihre Kollegin Anne-Marie, welche Formen das annahm, diese Engstirnigkeit. Rüsselviper, nicht schlecht. Sie schämt sich kurz für die Geschichte mit dem Beruhigungsmittel. Anne-Marie ist nie zu David Séchard zurückgekehrt. Sie hat sich mit einem Freund zusammengetan, der Permakultur betreibt, und in der Nähe von Montpellier eine Bio-Saftbar aufgemacht.

Die Sonne ist untergegangen, sie bereiten das Abendessen zu, Entenbrust, Käse und grünen Salat. Clotilde prophezeit, dass jetzt, wo sich Frauen künstlich befruchten lassen können, immer mehr auf eine Partnerschaft verzichten werden. Und dass es wieder mehr Bisexuelle geben wird, was ihr allerdings nicht weiterhilft, weil sie keine Kinderpläne hat. Adélaïde betont, dass sie beide allein sind. Dass sie ein Leben lang teuer für ihre Weigerung, ein Kind zu haben, bezahlen müssen. Bérangère erinnert daran, wie ihr Sohn sich von ihr entfernt hat; wenn Kinder erwachsen werden, scheren sie sich kein bisschen mehr um ihre Eltern, das ist normal. Aber sie traut ihm zu, dass er sie ohne Skrupel ins Altersheim steckt, wenn ihre Stunde geschlagen hat. Judith denkt an ihre Tochter.

Das Wochenende vergeht mit wohltuenden Vertraulichkeiten, Lachen und Gin Tonic. Samstagabend bekommt Adélaïde eine Allergie, unklar worauf, der Arzt wird später von Pollen reden. Beim Aufwachen sind ihre Augen verklebt, eine heftige Bindehautentzündung. Um 15.00 Uhr gehen sie zum Hafen und bestellen eine Meeresfrüchteplatte. Adélaïde, mit Sonnenbrille, isst Krabben und Langusten. Sie bedauern, dass es an diesem Wochenende keinen Trödelmarkt gibt, essen Berge von Crêpes, ziehen über gemeinsame Bekannte her und erklären einander sturzbetrunken ihre Liebe, weil Freundschaft durchaus eine Form der Liebe ist.

Zurück in Paris wird Adélaïde, während sie Perdition krault, denken, dass sie noch Glück hat und gar nicht so allein ist. Und dass sie damit abgeschlossen hat, einen Mann zu suchen.

L'amour, c'est comme une cigarette

Heute ist Halloween, der Samhain-Schabat. Adélaïde hätte ihn gern bei Judith gefeiert, aber sie begleitet Clotilde zu einem Festival für experimentelle Literatur, weil man nicht immer tun kann, wozu man Lust hat. Clotilde wird dort eine Performance machen, bei der sie ein Wörterbuch zerfleddert und des Sexismus bezichtigt und dann falsch und sehr laut eine feministische Version des »Liedes der Partisanen« singt, in der die Partisanen zu Partisaninnen werden. Sie haben einen Regionalzug genommen, ihre Sachen im Ibis abgestellt und Limonade mit Aspartam gekauft. Haben das kleine Theater gefunden, in dem die Veranstaltung stattfinden soll, andere Autoren getroffen und begrüßt, mit den Organisatoren gesprochen. Jetzt ist es ungefähr 15.30 Uhr.

Zwei junge Künstler packen die Utensilien für ihren Auftritt am nächsten Tag aus, Kisten voll toter Hühner. Im Foyer hört man Wortfetzen der Durchlaufprobe, die im Saal stattfindet. Eine Liste von Namen, die Internetgiganten und andere Unternehmen des Silicon Valley. Ab und zu knistert eine Stimme, die etwas auf Englisch sagt. Draußen regnet es natürlich. Météo France sagt bis morgen eine Sintflut voraus, Adélaïde weiß genau, was sie erwartet. Das Publikum wird aus den zehn Festivalteilnehmern, deren Freunden und dem örtlichen Buchhändler bestehen. Clotilde ist es gewohnt, das passiert ihr oft. Manchmal sind die Säle groß, und das Publikum ist zufrieden. Manchmal ist es schwierig, das Publikum bockig, der Ort ungeeignet. Oder es kommt fast niemand, wie heute Abend. Trotzdem sagt sich Clotilde, dass es wichtig ist. Dass es zu ihrer Arbeit gehört, vor ihresgleichen zu lesen und ihren Kollegen zuzuhören. Und dass die Freunde von deren Freunden schließlich auch Leser sind. Als Pressefrau hält Adélaïde den Abend für Zeitverschwendung. Als Freundin weiß sie, wie wichtig es für Clotilde ist, ihre Arbeit in öffentlichen Lesungen mit anderen zu teilen.

Es ist 16.25 Uhr. Clotilde macht auf der Bühne ihren Soundcheck, eine Stimmprobe, testet das Mikro und den Stimmenverzerrer. Adélaïde sitzt in der ersten Reihe und sieht ihr zu. Plötzlich geht die Tür auf, zwei Männer kommen in den Saal, Abel Caster, ein zeitgenössischer Dichter und alter Freund von Clotilde, und sein Musiker. Adélaïde grüßt sie, ohne richtig hinzugucken. Der Musiker setzt sich neben sie, während Clotilde ihre Stimme verzerrt und mit dem Computer eine Rückkopplung erzeugt. Er stellt sich Adélaïde vor und sagt, dass er Clotilde seit *Ich wohne in meinem Kühlschrank* nicht mehr lesen gehört hat. Adélaïde erinnert sich, dass Clotildes Soundtrack damals aus dem Brummen von Markenkühlschränken bestand, sie mischte die Geräusche bis zum Erbrechen und schuf so einen Klangteppich, der ihre Lesung unhörbar machte. Deswegen versichert Adélaïde eilig: Clotildes Arbeit hat sich sehr entwickelt. Die Durchlaufprobe geht zu Ende, der Dichter und der Musiker nehmen auf der Bühne Platz. Der Dichter holt seine Seiten raus, der Musiker seinen Mac, Clotilde und Adélaïde hören ein bisschen zu, es klingt gut, sie gehen wieder ins Foyer. Dort gibt es ein kleines Büfett, keine Cola Light, und die Quiche ist halb roh.

Es ist 18.45 Uhr. Beim Essen gesellt sich der Musiker zu Adélaïde, die verlegen ist, weil sie seinen Namen nicht mehr weiß. Er heißt Adrien und plaudert gern. Er lächelt und stellt ihr viele Fragen. Es ist 19.57 Uhr. Adélaïde ist verwundert, aber es ist offensichtlich: Er interessiert sich für sie. Sie ist richtiggehend erstaunt. Nicht nur, dass es überhaupt passiert, auch noch bei so einem, Adrien sieht sehr gut aus, der Typ, auf den sich alle einigen können. Geheimnisvoller Mittfünfziger, grau melierter Dreitagebart. Solche Männer stehen nicht auf sie, die spielen in einer anderen Liga. Sie fragt sich, was hier gerade passiert, ist nicht sicher, ob sie es versteht. Aber Adrien berührt ihren Arm, will sie zum Lachen bringen, er provoziert sie. Schlägt ihr vor, unter dem kleinen Vordach eine Zigarette zu rauchen.

Adélaïde hält etwas Abstand, um sich zu vergewissern, dass der Mann ihre Nähe sucht, dass der Pfau wirklich sein Rad schlägt, dass diese Zeichen ihr gelten. Dass sie nichts fehlinterpretiert, keine Tagträume hat. Sie sind allein, er steht ganz nahe bei ihr. Teilt seine letzte Zigarette, ihre Finger berühren sich, eine gewisse Spannung liegt jetzt offiziell in der Luft. Er macht ihr rundheraus Komplimente, sieht ihr in die Augen. Adélaïde verliert die Fassung, lässt die Zigarette fallen. Sie lachen, und im tiefsten Innern denkt sie, Liebe auf den ersten

Blick. Adriens Lippen, sie würde sie gern küssen, und so, wie es angefangen hat, könnte das durchaus in ein paar Stunden passieren.

Clotilde hat das Ganze mitbekommen, sie muss gleich auf die Bühne, in der Garderobe sagt sie: Bei Hera, der sieht echt gut aus! Dann: Der hat es auf dich abgesehen, das ist eindeutig. Und fügt hinzu: Komm, leg los. Adélaïde geht in den Saal, selbstverständlich hat ihr Adrien einen Platz frei gehalten. Es ist 21.00 Uhr. Während Clotildes Performance denkt Adélaïde an nichts anderes als Kontaktstrategien. Sie denkt an *Rot und Schwarz*, an die Szene, in der Julien Sorel nach der Hand von Madame de Rênal greift, während Clotilde im Scheinwerferlicht die erste Seite aus dem Wörterbuch reißt. Adrien streift ihr Knie, ihre Arme berühren sich auf der Lehne. Ab jetzt hört und sieht Adélaïde nichts mehr von Clotilde, sie fabriziert sich eine neue Erinnerung, die an ihren ersten Abend neben Adrien, im Lichte des nahenden Kusses, im Vorgefühl ihrer ersten Nacht. Sie erwartet, dass Adrien sanft nach ihrer Hand greift. Schlussfolgert, dass es zu früh ist, und applaudiert Clotilde.

Da Abel Caster und Adrien als Nächste dran sind, verschwindet er in die Garderobe, nicht ohne vorher ein Küsschen erbeten zu haben. Adélaïdes Herz schwebt in der Stratosphäre, ihre Seele dankt dem Universum, ihr Geist wendet sich an Aphrodite, die sie als Mutter aller Göttinnen anerkennt. Während Clotilde ein paar Bücher signiert, stößt Adélaïde auf der Toilette lautlose Freudenschreie aus.

Es ist 22.30 Uhr, die Veranstaltung geht weiter. Der Dichter macht keine Reime, sondern sagt die Wahrheit. Vier Millionen Franzosen sind oder waren Opfer von Inzest, man schätzt gegenwärtig, dass in jeder Schulklasse zwei Kinder dieses Verbrechen hinter verschlossenen Türen erleiden. In Anbetracht der Tatsache, dass Clotilde während ihrer Performance schon daran erinnert hat, dass in Frankreich alle zwei Tage ein Femizid und alle drei Tage ein homophober Angriff begangen wird, verbringt das Publikum einen heiteren Abend. Adélaïde hat nur Augen für den Musiker. Während sie ihn auf seinem Mac herumklimpern sieht, fragt sie sich, welches Instrument er ursprünglich gespielt hat. Ob er auch jenseits der Software auf Tasten spielt oder eher Saiten zupft. Für einen Bassisten ist er viel zu extrovertiert. Was sie bald erwartet, welcher Riff, welche Tastenfolge dann als Serenade auf ihr gespielt wird, das würde sie gern wissen. Ihr Herz begreift, dass dieses *bald* näher rückt, es rast noch schneller und verlangt jetzt von ihr, den ersten Schritt zu wagen.

Es ist 0.15 Uhr, das Theater schließt, im Foyer sitzen Adélaïde und Adrien in einer undurchdringlichen Blase. Sie haben so viel gemeinsam, sie erzählen sich Geschichten aus ihrer Jugend. Um 1.30 Uhr zieht Clotilde Adélaïde von der Bar weg. Gemeinsam gehen alle zu Fuß ins Hotel, sie verlaufen sich trotz GPS. Die Zimmer liegen nebeneinander, ein vertraulicher Moment im Beisein der anderen ist unmöglich. Adélaïdes Herz stockt, Adrien zwinkert ihr zu, säuselt ein Schlaf gut und schließt die Tür. Um 2.15 Uhr schläft Adélaïde immer noch nicht und schickt Adrien auf Facebook eine Freundschaftsanfrage. Er akzeptiert sie sofort. Eine Wand trennt sie.

Sie chatten bis 3.50 Uhr. Die letzten Nachrichten enthalten viele Emojis.

Am nächsten Tag wacht Adélaïde gegen Mittag auf. Ein Zettel wurde unter ihre Tür geschoben. Adrien hat seine Mobilnummer aufgeschrieben, *Ich muss zum Zug.* Gefolgt von *Zärtliche Küsse.* Im ersten Moment findet Adélaïde das charmant, im zweiten stößt *Zärtliche Küsse* sie ab. Ziemlich altmodisch und auch ein bisschen albern. Im Zug liest Clotilde, Adélaïde hängt die ganze Zeit am Handy und schreibt SMS. Clotilde gratuliert ihr und nimmt ihr am Bahnhof das Versprechen ab, sie über die Fortsetzung auf dem Laufenden zu halten, also das Rendezvous. Zu Hause begreift Adélaïde immer noch nicht ganz, was gerade geschieht, sie sagt sich immer wieder: Es passiert etwas. Adrien schlägt vor, dass sie sich im Laufe der Woche treffen. Sobald sie kann, sie fehlt ihm schon jetzt. Das schreibt er tatsächlich genau so, mit diesen Worten.

Bevor sie sich über das Datum und den Ort verständigen, versucht Adélaïdes Gehirn die Oberhand zu gewinnen. Es will sich vergewissern, wer dieser Adrien eigentlich ist. Natürlich hat sie seinen Facebook-Account durchforstet und ihn gegoogelt, aber das reicht nicht. Er ist so unbefangen, viel zu liebenswürdig. Und dann auch noch *Zärtliche Küsse.* Eine Floskel. Vielleicht ist das alles gar nicht Liebe auf den ersten Blick, sondern ein Automatismus, ein eingeübter Plan, womöglich ist Adrien nur ein widerlicher Aufreißer, ein Serienficker. Adélaïde überlegt sich, dass sie kein Risiko eingehen kann, sie will eine Beziehung, die nicht allein sexuell ist.

Da er Musiker ist, ruft sie Judith an, erreicht nur ihren Anrufbeantworter, erklärt: Alarmstufe Rot, brauche Auskunft über einen Mann. Kaum ist Judith vom Rundfunk zurück, ruft sie an, fragt nach dem Namen. Hat nach kaum einer halben Stunde die entscheidende Information. Adrien ist verheiratet. Adélaïdes Herz erstarrt für ein paar Sekunden. Judiths Herz brennt vor Mitleid mit ihrer Schwester. Adélaïde zögert, das Telefon in der Hand, dann tippt sie: Vor dem nächsten Schritt möchte ich mich gern vergewissern, dass du frei bist. Zwanzig Minuten vergehen, dann entdeckt Adélaïde, dass man schriftlich stottern kann. Die Antwort ist sehr lang, Sätze wie *Du berührst mich* und *Es tut mir so leid, nicht frei in dem Sinn, wie du es meinst*. Adélaïde wird Adrien sofort sperren. Sie wird keine Träne vergießen, früher oder später hätte er gesagt: Ich begehre dich, aber ich liebe dich nicht.

Le jour s'est levé

Der eigentliche Held dieser Geschichte ist Adélaïdes Herz. Adélaïdes Herz, das schlägt und blutet, das drängt und sich weitet. Adélaïdes Herz, das trauert, in der Leere versinkt. Adélaïdes Herz, das dennoch immer lauter schlägt. Manchmal stellt sie sich vor, es sei nicht mehr aus Fleisch, sondern aus Verbundmaterial, synthetischen Fasern, mit feuerfester Aorta.

Der Herbst knabbert an der Dämmerung, Adélaïde nimmt ihr Singledasein endlich an. Sie sagt sich, dass es eine Phase ist und dass sie es akzeptieren muss, dass ihr Ego und ihr Herz sich abnutzen werden, wenn sie zu sehr dagegen ankämpfen will. Adélaïde ist vernünftig, sie beugt sich, sie hat keine Wahl, das sagt die Statistik. Es gibt viel mehr Frauen als Männer, sie muss der Realität ins Auge sehen.

Also behandelt Adélaïde ihr akutes Heiratsjucken mit Einsamkeitsbädern. Die Stille stört sie nicht mehr, sie gibt sich ihr hin. Sie hört Musik, ohne mit Vladimir tanzen zu wollen. Ihr 1,20-Meter-Bett ist jungfräulich geblieben und ihre Wohnung die eines jungen Mädchens, Fräulein Adélaïde. Wenn sie in den Spiegel sieht, singt sie ihr eigenes Lied, sie stellt sich vor, dass sie ihre Verehrer mit einer einzigen Handbewegung zu Staub werden lässt. Sie hat auf niemanden mehr Lust, ist erleichtert, ungebunden zu sein.

Sie durchquert die Monate, die Wochen und die Tage gestärkt und mühelos. Im Bewusstsein, privilegiert zu sein. Das Ende der Welt steht vor der Tür. Adélaïde freut sich jeden Tag, keine Kinder zu haben. Die Kollapsologie verbreitet sich, ohne sie zu berühren. Judith jammert händeringend: Die Kinder meiner Tochter werden vielleicht kein Wasser mehr haben. Adélaïde will vor dem Ende der Welt ihre Vorzüge genießen. Sie ist sicher, dass sie vor dem Untergang sterben wird, der in dreißig, fünfzig Jahren kommt, je nach Vorhersage.

In Adélaïdes Kreis ändert sich einiges. Bérangère erkämpft sich den Status der offiziellen Geliebten. Das findet sie sehr praktisch und definiert es gegenüber ihren Freundinnen so: Ich habe einen Teilzeitmann. Adélaïde findet es traurig, dass sie auf das Zusammenleben als Paar verzichtet. Hermeline ist immer noch schockiert und fragt ständig nach der Ehefrau. Judith würde den Sänger gern vergessen, so lange, wie das jetzt schon geht, ein absurdes Hirngespinst, das sich unabänderlich festgesetzt hat. Sie fleht die Freundinnen an, ihr mit einem Ritual zu helfen, das Band zu zerreißen, ihn aus ihrem Kopf zu vertreiben. Judith liebt ihren Mann und fühlt sich besessen. Clotilde empfiehlt ihr, zum Psychologen zu gehen. Sie glaubt, dass der Sänger die Seiten der Liebe verkörpert, auf die sie verzichten muss, da können die Göttinnen ihr nicht helfen, sie muss es einfach akzeptieren.

Jetzt ist es schon Ende April. Heute Abend geht Adélaïde zu einem Fest bei Freunden von Judith, die unbedingt will, dass sie unter Leute kommt. Judith macht sich große Sorgen, Adélaïdes Leben beschränkt sich auf die Arbeit und ab und zu ein Glas Wein nach dem Büro mit zwei, drei Freunden. Sie schleppt sie zum Geburtstag eines Journalisten, Adélaïdes Liebhaber waren oft Journalisten. Sie findet sie meistens intelligent, neugierig, charismatisch. Judith ist überzeugt, dass die Auswahl riesig sein wird, aus sicherer Quelle weiß sie, dass es viele Singles gibt. Adélaïde zieht eine hochgeschlossene Bluse an, der jedoch Puffärmel eine gewisse Eleganz verleihen. Sie fühlt sich wohl, vertraute Gesichter lächeln in jedem Zimmer. Die Männer sind stattlich, Adélaïde sieht sich nur aus Spaß nach möglicher Beute um. Natürlich ist keiner frei. Adélaïde sagt Judith, dass es Zeit wird, die Sache auf sich beruhen zu lassen. Sie fügt hinzu: Wir müssen uns damit abfinden, und zieht sie auf die Tanzfläche in der Mitte des Wohnzimmers.

Sie zappeln zu Blondie, haben ihren Spaß mit Kim Wilde. Plötzlich wird die Musik untanzbar, die Melodie unbekannt. Jemand anderes hat die Musikauswahl übernommen, es ertönt ziemlich spezieller Techno. Adélaïde erkennt Luc. Sie hat ihn seit der Party bei Judith vor mehr als einem Jahr nicht wiedergesehen. Er war damals schon schmal, aber jetzt sind seine Wangen hohl, Gerüchten zufolge hat er eine verzehrende Liebesbeziehung hinter sich. Er sitzt vor dem Computer, sein Gesicht im Licht des Bildschirms. Er ist umwerfend schön, unerreichbar, schätzt Adélaïde. Während sie Luc beobachtet, denkt sie an *Sturm und Drang* und *Die Leiden des jungen Werther*. Adélaïde betrachtet Luc wie ein prachtvolles, kostbares Objekt, das sie sich nicht leisten kann. Deshalb spricht sie kaum mit ihm, auch wenn sie den Blick nicht von ihm abwenden kann. Gespannt verfolgt sie den Auftritt einer sehr hübschen Blondine, die höchst interessiert scheint. Adélaïde sagt sich, dass sich alles immer wiederholt, und das kotzt sie an.

Luc hat die Blonde zurückgewiesen: Er will lieber den DJ spielen. Adélaïde geht hin, bringt nur Banalitäten hervor, geht zurück zu Judith und gesteht ihr, wie sehr sie sich schämt. Judith wundert sich, dass sie so blockiert, erinnert daran, dass Luc als schwieriger Typ gilt, freut sich aber, dass Adélaïde eine Beschäftigung hat. Judith sagt: Na los, sei tapfer. Und fügt hinzu: Du hast nichts zu verlieren.

Adélaïde macht auf dem Absatz kehrt und geht zurück ins Wohnzimmer, sie weiß genau, was sie tun muss. Lucs Musikauswahl loben, sich interessant machen, indem sie vorgibt, von seinen Stücken in Trance zu geraten. Die Blonde springt wie wild um ihn herum und stößt kleine spitze Schreie aus. Adélaïde riecht die Niederlage. Sie geht in die Küche und macht sich einen Gin Tonic.

Adélaïde verschwindet, ohne noch einmal mit Luc zu reden. Sie zieht ihren Mantel an und verabschiedet sich nicht einmal. Luc mixt weiter Musik und merkt es gar nicht. Für ihn ist Adélaïde eine Frau wie viele, seit fünfzehn Jahren trifft er sie bei Freunden von Freunden. Als Adélaïde nach Hause kommt, stellt sie fest, dass sie durcheinander ist. Sie streichelt Perdition und denkt dabei nur an Luc. Immer noch alleinstehend und ganz ohne Kinder, das Profil ist so selten, es wäre ziemlich blöd, es nicht wenigstens zu versuchen. Adélaïde sagt sich: Ich werde nicht auf ein hypothetisches Fest im nächsten Jahr warten. Sie überlegt kurz. Sie sieht keinen Weg, sich diskret zu nähern, ihn zufällig zu treffen. Sie kennt ihn kaum, hat nicht einmal seine Nummer. Adélaïde recherchiert, sucht die Einladungsmail, die ihr Judith weitergeleitet hat, findet darauf Lucs Adresse und beschließt, ihm zu schreiben. Jetzt tobt in Adélaïdes Gehirn eine Schlacht, Stolz gegen Vernunft, ihr Kopf droht zu explodieren. Sie riskiert eine Zurückweisung, will nicht an das Wort »Demütigung« denken. Sie sieht sich als Spielerin, die nichts zu verlieren hat, die sich tapfer aufrichtet, voranschreitet, ihr Glück in vier Zeilen sucht. Er gefällt ihr und sie glaubt, sie könnten zueinander passen.

Adélaïde klickt auf Senden mit dem Gefühl, eine Option zu aktivieren, die ihr Leben verändern kann. Sie ist sehr stolz, so aktiv zu sein, fühlt sich extrem mutig. Sie weiß, dass die Chancen unendlich gering sind, Luc hatte nur was mit blonden Frauen, die meisten davon Champions League. Es ist nicht unmöglich, dass er ihr antwortet: Ich mag dich ganz gern, aber ich begehre dich nicht. Adélaïde weiß, dass sie das Risiko eingeht, sich wieder einmal wie ein alter abgehangener Braten zu fühlen, aber diesmal ist sie seelisch darauf vorbereitet.

In den folgenden Stunden macht ihr Herz bei jedem Benachrichtigungs-Beep einen Sprung. Sie kostet die Hoffnung aus, die bloße Möglichkeit eines Neuanfangs. Sie plant nichts, zum ersten Mal sieht sie sich nicht in einem anderen Alltagsleben, in einer Beziehung, auf dem Standesamt. Die Einsamkeitsbäder haben gewirkt, sie stellt fest, dass sie vom akuten Heiratsjucken geheilt ist. Ihr Schlaf wird süß sein, goldbraun und schön.

Die Antwort wird auf sich warten lassen, Luc hatte nicht damit gerechnet und die Mail bringt ihn aus der Fassung. Die Antwort wird rücksichtsvoll und sehr elegant sein, sodass Adélaïde die Zurückweisung annehmen kann, ohne dass es nach einer Niederlage schmeckt. Sie wird sich sagen: Dieser Mann ist außerhalb meiner Reichweite. Dann wird ihr Herz imstande sein, ihn zu vergessen. Denn Adélaïdes Herz ist alt geworden. Es akzeptiert die Wirklichkeit, es kann sich schützen. Es will nicht mehr bluten, dann lieber leer bleiben. Adélaïdes Herz wäre gern einbalsamiert.

Was wird aus Adélaïdes Herz, das ist natürlich die Frage, die wir uns hier stellen müssen. Wie wird die zweite Lebenshälfte unserer Adélaïde verlaufen, wie wird ihr Existenzschema aussehen? Adélaïde überlebt, sie ist eine Frau wie so viele andere. Was aus ihr wird, lässt sich schwer vorhersagen.

Amour année zéro

Vielleicht hat Adélaïde irgendwann genug von den Einsamkeitsbädern. Vielleicht wiederholt sie in einer Vollmondnacht oder zur Sommersonnenwende ihr Bittgesuch an die vier Göttinnen und formuliert es diesmal besser. Sie überlegt sich alle Einzelheiten ganz genau, ihre Liste ist lang, die Freundinnen sind überzeugt. Hermeline fragt sich allerdings, ob das Pflichtenheft nicht etwas zu lang geraten ist, um realistisch zu sein. Bérangère muss zugeben, dass bei so vielen Parametern Aphrodite deutlich leistungsstärker wäre als Tinder, wenn es denn funktioniert. Judith ist überzeugt, dass alle eine verwandte Seele haben, sie selbst sogar mehrere, was erklärt, dass der Sänger nicht aufhört, sie anzurufen. Judith wird nicht nachgeben: Clotilde wird sie aus Nachsicht entzaubern.

Als der September kommt, trifft Adélaïde bei einem Fest bei Freunden von Judith endlich den einen, der Vladimir gleicht. Sechsundvierzig, geweitete Pupillen und eine höchst stattliche Erscheinung, seine Nase ist riesig, während der ganzen Schulzeit wurde er immer nur Cyrano genannt. Er ist intelligent und Chefredakteur eines E-Zines für Computerfreaks. Nennen wir ihn Grégoire, das ist ein hübscher Vorname, der noch nicht vorkam.

Grégoire hat keine Kinder, wollte auch nie welche. Das erklärt zum Teil, warum er nicht auf der Suche nach einer jüngeren Frau ist. Grégoire ist nicht allzu neurotisch, hat den Tod seiner Mutter hinter sich und vor Urzeiten eine Psychoanalyse abgeschlossen, die er aus reiner Neugier angefangen hatte. Er ist seit drei Jahren geschieden, hat ein gutes Verhältnis zu seiner Ex. Da er beruflich erfolgreich ist, wird er nicht vom Frust zerfressen. Grégoire hat viele Vorzüge, eine charmante Stimme, einen ausgeprägten Sinn für Humor und eine kleine Zweizimmerwohnung nahe der Place de la République. Er lässt sich gern überraschen und ist sehr kreativ. Es reizt ihn nicht, seiner Partnerin geistig überlegen zu sein. Das ist der andere Grund dafür, warum er nicht auf jüngere Frauen steht.

Adélaïde gefällt Grégoire, wie es halt so passiert. Wir leben im Zeitalter des Konsumismus, aber Grégoire möchte sich festlegen. Allerdings hat er nicht gesucht, Adélaïde war einfach da. Liebe ist, wenn sich zwei Einsamkeiten erkennen und in die Arme fallen.

Adélaïdes Herz hat nicht mehr dieselben Erwartungen, jetzt, wo es vom akuten Heiratsjucken geheilt ist. Grégoire wird als er selbst wahrgenommen, er steht nicht mehr für eine bestimmte Funktion. Adélaïde muss nicht mehr abgesichert werden, sie ist affektiv autonom geworden. Sie ist nicht mehr auf der Suche nach Verschmelzung, sie legt Wert auf ihre Integrität. Liebe ist, wenn sich zwei Einsamkeiten ergänzen, ohne sich zu verschlingen.

Adélaïde findet ihren Auserwählten, es folgt ein Neubeginn. Adélaïde gewöhnt sich schnell daran, passt sich rasch einem Leben zu zweit an. Einem Leben, das ganz anders ist als das, was sie bisher kennengelernt hat. Es ist nicht unmöglich, ein neues Modell zu erfinden. Sie langweilt sich nicht und wäscht selten ab. Grégoire ist erfinderisch, von Adélaïde wissen wir, dass sie clever ist. Die beiden verstehen sich, und sie versetzen einander in Erstaunen. Liebe ist, wenn sich zwei Einsamkeiten dabei überraschen, einander erzittern zu lassen.

Sie ziehen bald zusammen, mieten eine zu kleine Wohnung in einem anständigen Viertel oder entscheiden sich für 75 Quadratmeter in einem heruntergekommenen Viertel. Oder Grégoire verkauft seine Zweizimmerwohnung und sie nehmen einen Kredit auf. Dann haben sie als Eigentümer sogar die Wahl. Natürlich ist Grégoire wie Adélaïde: Ihm graut vor Chlorophyll, die Natur macht ihm Angst, die Vororte deprimieren ihn, sein Leben, das ist Paris. Deshalb sind sie auch bis zum Ende ihrer Tage dazu verflucht, ihren Kredit abzubezahlen.

Aphrodite ist wieder da, Adélaïdes Herz funkelt. Grégoire wird der Letzte sein, natürlich wird er sie nach ein paar Jahren heiraten. Hermeline wird niedergeschlagen sein, dass ihre Freundin in ein so traditionelles Schema zurückkehrt. Judith wird sich darüber freuen, zumal ihr Mann und Grégoire sich gut verstehen. Bérangère wird nicht kommen können, weil die Frau ihres Liebhabers gerade entbunden hat, sie wird nicht in Form sein, Lexotanil. Clotilde wird während der Hochzeitsreise die Katze hüten.

So kann Adélaïdes Geschichte enden. Sie findet einen Partner und setzt ihren Lebensweg fort. Sie wird nicht lange allein geblieben sein, dennoch ist diese Unterbrechung wie eine Ewigkeit. Einsamkeit ist, wenn das Wort »Liebe« stirbt. Adélaïde Berthel ist eine Frau wie viele andere. Sie braucht es, dass man sie liebt, um zu spüren, dass sie existiert.

Toute seule

Oder aber Adélaïde trifft niemanden. Niemanden, der ihr passt, sie innerlich bewegt und zum Lachen bringt. Adélaïdes Herz ist anspruchsvoll geworden, es verlangt nicht mehr, dass man es um jeden Preis füllt. Adélaïde hat eingesehen, dass Vladimir in der Wirklichkeit niemals existieren wird. Dass sie statistisch zu den vom Markt Ausgeschlossenen gehört. Überqualifizierte Frauen finden weniger leicht einen Partner. Unterqualifizierte Männer auch. Sie lassen sich ihre Beute von einer überlegenen wirtschaftlichen Streitmacht wegnehmen. Frauen, die zu gebildet sind, ängstigen, ermüden, verunsichern sie. Adélaïde gehört zu einer Generation, in der es von Alpha-Männchen nur so wimmelt, die es ihr schwer machen, mit ihrem Status als heterosexuelle Frau klarzukommen. Sie weigert sich, Männer zu hassen, aber manchmal sagt sie sich, dass es irgendwann so weit ist.

Adélaïde erkennt, dass sie mit ihrer Besonderheit, ihrer Weigerung, eine Familie zu gründen, jede Familie zu akzeptieren, als verrückt dasteht, so viel Freiheit ist kein Trumpf. Adélaïde akzeptiert, dass ihr Profil kompliziert ist und die meisten Männer in die Flucht schlägt, sie beugt sich den Tatsachen, sie passt einfach nicht ins Schema.

Also akzeptiert Adélaïde die Einsamkeit und schmiegt sich an sie, Perdition genügt ihr, mit dem Kauf eines größeren Betts ist sie zufrieden. Da es mehr Frauen als Männer gibt, müssen wohl oder übel welche unverheiratet bleiben. Adélaïde wird also nicht mehr in einer Beziehung leben, aber überhaupt nicht unglücklich darüber sein.

Sie wird Affären haben, immer kurz, immer enttäuschend, die sie für das nimmt, was sie sind: bloße Unterhaltung. Ihr Herz wird ruhig bleiben, nur für sich selbst schlagen. Langsam wird sie eine positive Beziehung zur Stille entwickeln. Bald wird es ihr total absurd vorkommen, ihren privaten Raum mit jemandem zu teilen, sie wird sich oft fragen, wie sie das nur tun konnte. Sie wird weiter in der winzigen Zweizimmerwohnung wohnen, obwohl sie eine Gehaltserhöhung bekommt. Egal, welchen Lebensweg Adélaïde einschlägt, der Pariser Wohnungsmarkt ist ein Skandal. Der Verzicht auf das Leben in einem geräumigen, angenehmen Zuhause wird ihr schwerfallen, sie wird lange brauchen, um sich damit abzufinden. Wahrscheinlich, weil sie unheimlich viel arbeitet. Und weil sie weiß, dass es in dieser Hinsicht zu zweit einfacher wäre.

Adélaïde ist allein und ungebunden, keinen ehelichen Zwängen unterworfen. Sie verfügt frei über ihre Zeit, sie hängt nicht mehr in der Luft, ihr Alltag ist gut ausgefüllt. Kulturelle Ereignisse, soziale Kontakte. Sie hat andere Gewohnheiten, die Sehnsucht ist verschwunden. Adélaïde widmet sich voll und ganz ihrer Karriere, wechselt zweimal den Verlag, endet als Abteilungsleiterin. Die Freundschaft ersetzt die Zweisamkeit, ihr Kreis erweitert sich ebenso wie ihr Horizont.

Adélaïde verspürt keine Wehmut mehr, hat Vladimir ganz und gar aus den Augen verloren. Hermeline freut sich über ihr Empowerment und präsentiert sie als Vorbild für ein glückliches Singledasein. Judith versucht regelmäßig, ihr Männer vorzustellen, aber abgesehen von Luc, der unerreichbar bleibt, zieht keiner sie wirklich an. Clotilde schreibt ein Buch über ihre Missgeschicke, dem sie den Titel *Die Plastifizierung der Herzkammern* geben will. Weil Bérangère sieht, dass Adélaïde klarkommt, hat sie den Mut gefunden, mit ihrem Liebhaber Schluss zu machen, der gerade einen Sohn bekommen hat.

Adélaïde wird älter, ihr Herz hat sich verhärtet, Aphrodite ist verschwunden, sie trauert lange um das Wort »Liebe«. Die sie wenigstens noch für Perdition empfindet. Die Katze teilt ihr Bett, die Katze teilt ihr Leben, sie sagt sehr oft zu ihr: Ich liebe dich, damit der Satz nicht einrostet. Perdition leckt ihr das Gesicht ab, was nicht sehr hygienisch ist, aber Adélaïde lässt sie gewähren. Es ist eine Form der Intimität, die sie für sich behält.

So kann Adélaïdes Leben weitergehen. Sie braucht niemanden, bis auf ihre Freundinnen. Ihre Schwesternschaft steht im Mittelpunkt ihres Lebens. Sie verausgabt sich in der Arbeit, wird zur Kriegsmaschine. Sie wird nichts bedauern, wird sich mit ihrem Schicksal zufriedengeben oder, besser noch, es optimieren. Die Einsamkeit wird ihr natürliches Umfeld, ihre Bewegungsfreiheit, ihr ganzes Ökosystem ausmachen.

Auch das kann das Schicksal von Adélaïde sein, sie hat das Leben zu zweit, hat Jahrzehnte der Liebe erlebt und sich immer gelangweilt. Sie wird für immer unverheiratet bleiben, irgendwann wird dieser Status ihr Sicherheit geben. Das Singledasein ist kein Synonym für Einsamkeit, wenn man imstande ist, es auszufüllen und sich darin zu entfalten. Adélaïde Berthel, eine Frau wie eine Menge andere. Die keinen Mann braucht, um sich lebendig zu fühlen.

Les guérillères

So oder so, mit sechsundsiebzig wird Adélaïde allein sein, aus freier Entscheidung oder nach der Beisetzung von Grégoire. Die Männer sterben zuerst, auch Judith ist Witwe. Clotilde ist allein, ebenso wie Bérangère. Hermeline hat vor fünfundzwanzig Jahren geheiratet, ihre Frau heißt Jasmine, sie haben zwei Kinder. Hermeline staunt selbst am meisten über ihr Schicksal. Sie wohnen in Montreuil, in einem sehr großen Haus. So groß, dass sie zusammen, alle zusammen dort leben.

Sie haben ein Kollektiv gegründet, ein kleines Unternehmen, das Bücher herausgibt und in der umgebauten Garage Lesungen, Performances und Konzerte organisiert. *Liliths Töchter* nennen sie sich. Clotilde kümmert sich um die Bücher, Judith um die Musik, Hermeline um die Gestaltung, Adélaïde um die Kommunikation und Bérangère um die Buchführung. In ihrem Katalog, genau wie in ihrem Programm, gibt es ausschließlich Frauen. Sie fördern neue Stimmen und sind sicher, dass sie sich nicht langweilen werden.

Einmal alle drei Monate schlägt Adélaïdes Herz schneller, wenn Judith eins ihrer berühmten Feste veranstaltet, wie nur sie es kann. Ihr Kardiologe ist dagegen, aber sie hören nicht auf ihn. Sie wollen nicht auf alte Gewohnheiten verzichten. Wenn sie auf die achtzig zugehen, werden sie Mühe haben, einen Dealer zu finden. Trotzdem tanzen sie zu denselben Liedern, bis plötzlich wummernder Techno gespielt wird. Luc braucht inzwischen einen Rollator, aber besteht mehr denn je darauf, als Einziger der DJ zu sein.

Adélaïde wird sehr schöne Erinnerungen haben, aber keinerlei Wehmut verspüren. Ihr Alltag wird harmonisch sein, umgeben von ihren Freundinnen, auch wenn Clotilde nur selten aus ihrem Zimmer kommt. Perdition wird diese Welt lange verlassen haben, aber sie werden vier Katzen besitzen, zwei von der Straße und zwei Siam, die Namen exotischer Krankheiten und Medikamente tragen. Adélaïde wird jeden Tag in dieser anregenden Gemeinschaft verbringen und darüber vergessen, dass sie bald sterben wird. Ihr Herzinfarkt kommt, als sie sich an einem Silvesterabend über den Waschbeckenrand beugt. Für alle ist es ein schrecklicher Schmerz. Und ein Schock, sie werden nicht mehr dieselben sein. Bérangère wird sterben, dann Judith und Clotilde. Hermeline wird in Jasmines Armen um sie trauern. Ihre Kinder werden ihnen raten, das viel zu große Haus in Montreuil zu verkaufen. Sich eine normale Dreizimmerwohnung zu suchen, um näher bei ihnen zu sein. Hermeline wird ihr Leben in der Nähe von Arles beenden. Mit ihr wird jede Spur von Adélaïde verschwinden. Die Erinnerung der Lebenden, sie allein, gegen das Vergessen.

So wird sie enden, die Geschichte von Adélaïde. Eine Gemeinschaft von Frauen, weil Frauen klug sein und sich auf alles vorbereiten müssen. Es gibt mehr Frauen als Männer, und die Männer sterben zuerst. Wer nicht lesbisch ist, muss erfinderisch sein. Egal, ob Aphrodite fortgeht oder bleibt. Manche leben zu zweit, sind aber von Einsamkeit zerfressen. Einzig Freundschaft und Schwesternschaft bewahren uns vor dem Abgrund. Die Anpassung unserer Lebensweise, die Gemeinschaft in der Gruppe, das Zusammensein, um gemeinsam zu lachen und nicht allein zu sterben.

Im Krematorium hat sich Adélaïdes Herz in Asche verwandelt. Es bleibt in Montreuil, auf dem Rasen eines winzigen Gartens verstreut. Das Gras steht inzwischen hoch. Adélaïdes Herz war ohne Bedauern. Als der Sarg in Flammen aufging, war das Knistern der Flammen wie ein Lied. Das dichte Gras wiegt sich im Wind. Musik soll sehr gut sein für die Pflanzen.

Die Originalausgabe erschien 2020 unter dem Titel
»Le cœur synthétique« bei Éditions du Seuil, Paris.

© Éditions du Seuil 2020
© Verlagsbuchhandlung Liebeskind 2022
Alle Rechte vorbehalten

Umschlagmotiv: plainpicture / Magnum / Martin Parr
Typografie und Satz: Frese Werkstatt, München
Umschlaggestaltung und Herstellung: Robert Gigler, München
Druck und Bindung: Friedrich Pustet, Regensburg
ISBN 978-3-95438-143-2